Lyrik
von JETZT

Lyrik von JETZT

74 Stimmen mit einem Vorwort von Gerhard Falkner

Herausgegeben von Björn Kuhligk und Jan Wagner

DuMont

Erste Auflage 2003

Quellenhinweise am Schluß des Bandes
Ausstattung und Umschlag: Groothuis, Lohfert, Consorten (Hamburg)
Gesetzt aus der Proforma und der Helvetica
Gedruckt auf säurefreiem und chlorfrei gebleichtem Papier
Druck und Verarbeitung: Clausen & Bosse, Leck
Printed in Germany
ISBN 3-8321-7852-X

Vorwort

Was ist eine dokumentarische Anthologie?

Kennerschaft und Überblick sind die Grundvoraussetzungen, die der Herausgeber einer Anthologie mitbringen muß. Selbst aber wenn diese beiden Vorzüge gegeben sind, stecken in ihnen Tücken. Kennerschaft ist ein Ausschlußverfahren, geprägt und eingeschränkt von persönlicher Akzeptanz, und Überblick eine Standortfrage. Beides sind wertende Systeme, die durch Auswahl, Anordnung und Umfang der Repräsentation Hierarchien bauen oder bestätigen. Ohne Zweifel können so beeindruckende Sammlungen entstehen, man denke an Benns »Lyrik des expressionistischen Jahrzehnts«, an Enzensbergers »Museum der modernen Poesie« oder an Under-Cover-Klassiker wie »Ergriffenes Dasein«. Die Regel ist dies allerdings nicht. In der Regel bemühen sich Anthologien um Rahmen, Fächer oder jene oft äußerst prekären Themenkomplexe, die das Gedicht in Zusammenhänge hineinvergewaltigen, in denen es vollkommen den Faden verlieren kann. Außerdem entsprechen Auswahl und Zusammenhang, besonders wenn es sich um zeitgenössische Sammlungen handelt, sehr oft nicht dem aktuellen oder dem tatsächlichen Kräfteverhältnis der poetischen Produktion. Dieses nämlich ist instabil und beinhaltet oft starke Stimmen, die der Literaturbetrieb nicht oder noch nicht legalisiert hat. Oft sind aber gerade diese Texte die Tankstellen jener Autoren, die ihren gemieteten Anthologieplatz nur noch müde und ums eigene Ei kreisend besetzen. Die dokumentarische Anthologie versucht dieses Dilemma zu unterlaufen. Sie instrumentalisiert die Kräfte der Selbstorganisation literarischer Szenen.

Was heißt das?

Die Kraft von Texten, sich zum Vorschein zu bringen, wird durch unzählige Vorgänge gehemmt. Konkurrenz, Neid, Vorurteil, Unverständnis und vor allem durch den Einfluß der Throninhaber! Last but not least natürlich durch das Parteigängertum entweder lokaler oder spartenspezifischer Provenienz. Beispielsweise die Konkreten oder die Performer gegen die Enigmatischen. Gedichte, die da sind, öffentlich greifbar, haben oft schon lange Wege hinter sich bis zu ihrer ersten Veröffentlichung in Buchform. Vorarbeit, hier die Spreu vom Weizen zu trennen, leisten die kleinen Zeitschriften, die Zirkel, Szenen und Wettbewerbe. Sie sind die Börsen für die Anfänger. Hier entstehen Gerüchte, Geheimtips, die neuen Namen. Diese Kräfte ersetzen mühelos, einfach weil sie viel komplexer sind, die Qualitätskriterien von Juroren oder Herausgebern. Das Prinzip der dokumentarischen Anthologie ist also zuerst einmal positivistisch. Was sich gezeigt hat, besitzt per se den Wert, in Betracht gezogen zu werden. Auf einer ganz anderen Ebene und jenseits der Manipulateure in eigener Sache wird dann eh mit ganz anderen Striegeln gebürstet.

Heute kommt allerdings zu all dem etwas hinzu, das in seiner Bedeutung überhaupt nicht zu überschätzen ist.

Die neue Generation, die Generation, die hier zum ersten Mal in solcher Vollständigkeit sich vorstellt, besitzt eine Verknüpfungsdichte und einen Beobachtungsumfang, der erst durch die Hypertrophierung von Kommunikation in allerletzter Zeit überhaupt möglich wurde und die es so bisher nie gegeben hat. Bisher waren literarische Szenen Ausstrahlungsphänomene, die erstens noch stark von der Dualität zwischen Großstadt und Provinz geprägt waren, zweitens Ausstrahlungszeit benötigten. Das hatte den Vorteil, daß die Nischen für Ausreifungszeiten zahlreicher waren, während heute das Überfischen der Jugendgewässer und das vollkommen enthemmte Absammeln erster Früchte in allen Sparten binnen kurz oder lang dazu führen wird, den Bestand überdurchschnittlich entwickelter Kunst abzuschließen und durch konstante, mittellagige Beunruhigungs- oder Belustigungspegel zu ersetzen. Wir sind dann wieder dort, wo alles einmal angefangen hat, bei Magie und Spiel.

Eine Generation wird gegründet

Im Jahre 1999 hatte ich zusammen mit Orsolya Kalász eine Anthologie junger ungarischer Lyrik zusammengestellt, die bei DuMont unter dem Titel »Budapester Szenen« erschienen ist. Diese Sammlung war strikt auf die Generation der Zwanzig- und Dreißigjährigen beschränkt und ermittelte ihre Beiträge aus den verschiedenen und in Ungarn relativ gut aufspürbaren Szenen, ohne sich dem Druck von »Empfehlungen« zu beugen, die vorwiegend aus der »herrschenden Generation« kamen.

Als diese Arbeit abgeschlossen war, begann ich mich etwas gründlicher als vorher in Berlin umzusehen.

Während die Lyriklesungen in Literaturhäusern oft phänomenal leer bleiben, also einen Saal, der vielleicht mit zwanzig Leuten besetzt ist, noch leerer aussehen lassen, als er sowieso schon ist, entstanden in Berlin aus den vor den 90er Jahren noch etwas staubigen Spielstätten der Alternativkultur Cafés, Clubs, Kinos und andere Auftrittsorte, die nicht immer, aber oft zum Bersten voll waren, wenn Gedichte gelesen wurden.

Das hatte mehrere Gründe. Der erste liegt in der eingangs schon erwähnten neuen Qualität der Kommunikation. Da ging eine SMS oder eine Mail an die Leute raus, die man sich als Zuhörer wünschte, und die kamen dann auch. Der zweite Grund liegt wohl am Hintergrund. Man hört Gedichte dort, wo man sonst vielleicht sowieso hingehen würde. Mit etwas Glück waren die Brüder und Schwestern aus der neuen Musik, der bildenden Kunst oder vom Theater auch noch da, und man hatte nicht die krampfhafte Unterbrechungskunst mit Saxophon, Harfe oder Klanginstallation zu fürchten, welche die vom Lyrikgenuß schwirrenden Gehirne noch weiter intoxifizieren und durchklingeln. Und anschließend tanzt man vielleicht und kennt die Leute, von denen die Musik stammt oder die sie auflegen. Und schließlich geht es in den Gedichten oft um etwas, das nahtlosen Wiedererkennungswert bei gleichzeitig realzeitlichen Wallungswerten besitzt. Folgerichtig werden diese Veranstaltungen nicht von der Mimik seelischer Niedergeschlagenheit begleitet, sondern von Neugier und Konzentration. Angesiedelt haben sich diese Auftritte um eine Handvoll Zeitschriften und Spielstätten, dem Club Eschschloraque, dem SchokoLaden, dem Bastard Club im Prater, dem Kaffee Burger, dem Fischladen, dem Roten Salon, der Kalkscheune, dem Friedrichshainer Weinsalon und um die Zeitschriften »Intendenzen«, die Literaturschachtel »Die Außenseite des Elements«, die »Losen Blätter«, die Veröffentlichungen des Kook Labels, »Lauter Niemand« oder aber der Leipziger »Edit«. Anders als bei den groß gepowerten Literaturevents, bei denen die Elixiere des »Dabeiseins« überwiegen, blieb oder bleibt auf diesen Lyrikbühnen die Hörspannung persönlich und intim.

Als ich nach etwa einem Jahr den Eindruck hatte, die Namen jenseits derer, die man sowieso weiß, zu kennen und ihren Ton im Text und die Nennungsdichte unterscheiden zu können, und auch bereits Texte zusammengestellt hatte, eröffnete mir Björn Kuhligk, daß er zusammen mit Jan Wagner bereits seit zwei Jahren an gerade dieser Anthologie arbeite, daß das Projekt so gut wie abgeschlossen sei und ob ich nicht das Vorwort dazu schreiben könnte. Mit einem leichten Anflug von Bedauern erkannte ich, daß dies natürlich viel mehr Sinn macht, denn die fingen ja die Fische im Pool und ich mußte sie mir vom Ufer aus angeln.

Es gelang mir, Jan Wagner und Björn Kuhligk davon zu überzeugen, ihren »Jahrgang 1965« als Altersgrenze unbedingt zu halten, diese Grenze aber zu den Jüngeren und ganz Jungen hin großzügig zu öffnen und all jene mit aufzunehmen, die in ihren Augen hervorragende oder aufregende Gedichte geschrieben hatten, ohne Rücksicht, ob da nun schon ein Buch vorliegt oder ob die schon mal zum open mike oder zum Leonce-und-Lena-Preis eingeladen waren.

Zum weiten Feld der bereits vorhandenen, tadellosen Sammlung trat nun noch der breite Rand der Besten unter den Noch-kaum-Bekannten, die Björn Kuhligk und Jan Wagner sozusagen in einer zweiten Runde zusammenstellten. Die Herausgeber gaben jedem Autor, jeder

Autorin, vier Sprach-Fenster. Nachdem die Arbeiten und Nachrüstungen abgeschlossen waren, fiel über dieses Werk nun fast ein Schatten von synchronisierter Vollzähligkeit. Dies wird auch den Rang dieses Buches sichern, egal ob Wölfe heulen oder Schafe blöken, denn es ist ein Buch, das eine Generation komplett aus dem eigenen Boden gestampft hat.

Zum Gesang – oder über »das verlangen einen kirschkern gespuckt zu haben«

Bei vielen oder sogar den meisten Gedichten handelt es sich um Texte, die im Ton oft einen sehr trockenen Ausklang der Postmoderne erkennen lassen, immer wieder auch ein lakonisches Parlando einschlagend, am Schluß häufig mit dem Pathos eines poetischen Abwinkens. Das Moment der poetischen Überraschung bricht klammheimlich aus einem gehobenen Umgangston oder verwandelt sich aus der zufälligen Beobachtung osmotisch in die verdichtete Dosis von Verszeilen. Die Struktur der Gedichte ist intelligent, durchmischt von der Multilingualität der Popkultur – den Grooves, den Freezes und den Loops – die Korrespondenzen kommen als Tunnelblick oder Trockenmeldung. Oft sind es neusprachliche Töne auf herkömmlichen Tonträgern. Reine Sprachakrobatik ist im Schwinden, ebenso wie rap oder ähnliche Moden. Wahrscheinlich haben bei Letzterem einfach viele inzwischen begriffen, daß man den echten (inzwischen auch nur noch in Anführungszeichen) rap oder hiphop im Royal Bunker oder der Beatfabrik findet und nicht in den Literaturhäusern.

Dann wiederum eröffnen sich in diesen Texten feine Zuspitzungen, in die das urbane Lebensgefühl, vorzugsweise der Hauptstadt, einschießt, die auch den intellektuellen Overkill der späten 80er und frühen 90er scheinbar überwunden haben. Sie kommen so gelassen daher, daß sich bildungsmelancholische Partikel fast unbemerkt ansiedeln können.

Gleichzeitig bestückt man die in der Moderne geschnürten Pakete großstädtischer Getriebenheit mit den stimmungsmäßigen oder nomenklaturischen Updates. Lediglich der Umgang mit Sex wirkt manchmal, als wäre dieses Thema den Dichtern wie eine heiße Kartoffel zwischen die Finger geraten, während sie sich lieber weiter mit der Technizität der Bewegungen von Aquarienfischen befaßt hätten. Delikatesse der Bilder und stilistische Schlankheit sind oft hervorstechend. In Gesprächen habe ich versucht, Selbstdeutungsbereitschaften aufzuspüren oder Generationsbestimmungen zu erkunden. Dies allerdings erwies sich als schwierig. Man bewegt sich scheinbar in einem Dikkicht des Jederzeit-Möglichen, ohne der Wahrheit oder dem Guten einen prinzipiellen Vorzug einzuräumen. Die Verbindung zur Welt ist die der Gleichzeitigkeit, und gedruckte Programme gibt's dafür nicht.

Vielleicht handelt es sich bei den »Neuen Leuten«, wie wir sie auf den ersten Präsentationen vorgestellt hatten, um die erste schlagwortlose, die erste »No-Name-Generation« überhaupt.

»Ich lebe in Deutschland aber / Viele sagen ich sehe jünger aus.« Das Leben blendet. Die Lyrik erschafft daraus einen Blick. Der Blick klingt gut. Der einzige Prüfstein scheint das nach Maßgabe des Möglichen gelungene Gedicht.

Um den Fallen schematischer Kapitel oder der Katalogisierung zu entgehen, haben Jan Wagner und Björn Kuhligk in einem letzten Arbeitsdurchgang die Texte quasi nach Geruch, Farbe und Geräusch und in freier Aleatorik komponiert, und das Konzertstück, das daraus entstand, heißt: »Lyrik von Jetzt«.

Gerhard Falkner, Stuttgart, Schloß Solitude 2003

74 STIMMEN

SILKE SCHEUERMANN
Requiem für einen gerade erst eroberten Planeten mit intensiver Strahlung

Aber was kommt wenn wir uns alle Geschichten erzählt
haben zehntausend heiße Geschichten

das Lexikon unserer Luftschlösser durchbuchstabiert
ist und wir unseren Stern durchgesessen haben wie das Sofa

auf dem wir uns sehr genau kennenlernten
wenn wir dann stumm am Fenster sitzen und rauchen

Nächte von fast vollkommener Stille
in denen nur deine letzten Sätze nachhallen

Sie sprachen davon daß wir
beide eigentlich Himmelskörper sind

die eine so große Anziehungskraft haben
daß sie nicht einmal ihr eigenes Licht fortlassen

also nicht leuchten sondern schwarz sind
an ihrer Zunge verbrannte Erzähler

Dem ehemals häufigsten Vogel der Welt

Letzte einer Art zu sein
was für eine merkwürdige Aufgabe
Wo du doch einmal andere Vorstellungen
von Enge und Weite hattest Sehr verschieden
von der Seniorsuite im Zoo von Cincinnati
Martha letzte Wandertaube der Welt
was für ein Dilemma daß ihr so schmackhaft wart
Eine einzige Delikatess-Großhandlung
verkaufte im Jahr 1855 achtzehntausend
von euch an hungrige New Yorker
Wenn du in deiner Voliere
das wirkliche Fliegen vermißt
erinnere dich an eure Schwärme
Tausende von Metern breit
oder an die Brutkolonien
fünfzig mal sechs Kilometer Wie ihr
als die ersten europäischen
Auswanderer nach Amerika kamen
den Himmel verdunkeltet Wie ihr sie Stunden
im Dunkeln stehen ließt für staunende Berechnungen
Erinnere dich an die Zeit vor
den Tötungsmethoden und dem Eisenbahnnetz
Ein paar wilde Tiere
haben euch bedroht

Der Tag an dem die Möwen zweistimmig sangen

Während das Wasser zurückgeht und Quallen liegenbleiben
unbehelligt vom Salz
von der Oxydation und der Sonne
neidest du den Kindern die mit in den Sand gestoßenen
Fersen nach Muscheln stochern ihre Sicherheit
mit einer dich vollkommen
verblüffenden Gewalt

Dein Auge ist gereinigt hat jetzt schärfere Pupillen
während die Brandung sich ins Meer zurück frißt
fehlt dir etwas
einige Jahre
in Happen klein wie die Rückseite einer Briefmarke
weiß wie Oktopusfleisch haben die Möwen mitgenommen
Da ist ein Schmerz mit gekappter Verbindung zum Kopf

Sehnige Schlieren aus Öl bedecken
die Wellen führen durch Schaumränder
nach früher
und in
die Zeit
in der du langsam zerzaust die Treppe des Abschieds
heruntergegangen bist bis an den Strand hier
– Schwimmen kannst du noch, aber du schwimmst dich
nicht mehr frei –

Ich weiß dich erstaunt an den Quallen
die Fähigkeit häßlich und dennoch durchsichtig zu sein
und ich weiß daß du gleich
schreiend die Auskunft verlangst was ich anderswo suche
in der Hoffnung ich fragte zurück

Die Schneelast drückt gewaltig
auf die Zweige des Essigbaums schau

Welche Schwerter liegen frei auf den Feldern
wenn wir spazierengehn Ich bin sicher
Hand in Hand läßt sich alles tun Engelchen flieg

Engelchen stirb Dies ist nur eine Unterhaltung
wenn wir spazierengehn über dies und jenes
ich weiß und du jetzt auch Alles mögliche

ist vergangene Woche passiert
Letztes Jahr bogen sich links am Waldrand die Bäume in
Schneelast Wir haben unseren Standfestigkeitsnachweis

gebracht finde ich in den vergangenen
geglückten Sommern
Ich schaue immer in die Luft wenn du sagst

wir kommen wieder einmal sicher durch den Vollmond
Laß uns einen Urlaub planen diesmal weiter in die
Sonne noch näher hin

Das wäre doch fast schon
als legten wir uns hier in der Junihitze miteinander
lachend ins wilde Bett

in den Acker Ich sage Darling du sagst auch
Darling Die Schwerter lächeln uns zu niemand hebt
eines auf Ich behaupte wir werden zusammen alt

HENDRIK ROST

Imago

Dies hat mit der Schönheit zu tun,
für ein paar Tage allein im Haus zu bleiben:
Der Sommer nähert sich seinen Stichtagen,
und ich betrachte einen gewöhnlichen Vogel,
der sich wie ein Kolibri bei den Lilien hält.
Es ist später Nachmittag, feuchte Luft liegt
über dieser zerbrechlichen Nachbarschaft,
und ich bin selbst für die Schatten zuständig,
die ich werfe. Im Licht glitzert der einzelne
Flügel einer Libelle –
ihr vorheriger Körper klammert sich noch
an den Stengel überm Wasser.
Dies ist das Haus der früheren Gedichte,
das Haus der gefährdeten neuen.

Fixiermittel

Ein kurzes Rascheln und schon lief die Echse
den glatten Beton der Bunkerwand aufwärts
und verschwand aus der Sonne wo sie Bewegung
getankt hatte. *In aller Stille* war ihre Metapher
für Flucht die erst nach Tagen aus dem Negativ
entsteht wenn Fotos erste Hinweise geben
auf unsere Erinnerung. Die ganze Gegend bis
sie nach Westen im Meer abbricht war durchsetzt
mit ähnlichen Relikten ihren Scharten und Hohlräumen
die nach Moder und Schimmel riechen. Die Narben
im Gesicht der Dinge meinst du das Dunkel
in das ich ohne Blitz hineinfotografierte weil ich
auf den schmalen Streifen Licht vertraute der sich
noch über dem Meer hielt wie ein fast geschlossenes
Auge etwas fixiert bevor es sich verflüchtigt
als würde Sehen so funktionieren und reglos vernarben.

Pflaumen

Verzeih.
W. C. Williams

Spät wieder zu Hause, finde ich dich
schlafend, eine anziehende Wölbung
unter dem Laken. Es ist klar und
deswegen sehr kalt heute nacht.
Mit meinen blutleeren Händen und
Eisfüßen dürfte ich es nicht wagen,
mich zu dir zu legen (eine ungebetene
Pause im Traum, die nach Fusel riecht).
Das Licht aus dem Kühlschrank wirkt
warm in diesem Klima, und ich mache mich
über die Nachricht her, die du wortlos
für mich hinterlassen hast. Ein Teller mit
Pflaumen, und jede einzelne schmeckt
nach einem reifen Ersatz, sehr saftig,
süß, wie die Entschuldigung für etwas,
das man sich überraschend eingesteht.

Kontraste

Einmal im Nachspann, als ein
Foul wiederholt wurde, sah ich
erst dann zwischen den Spielern

eine Elster in Panik vom Rasen

abheben. Für einen Moment abgelenkt,
folgte das Bild in Zeitlupe ihrem Flug,
während der Tumult

im Hintergrund unscharf wurde,

bis sich die Kamera abrupt
aus ihrem Sog löste und zurück
auf die fallenden Körper hielt.

MONIKA RINCK
shopping mit melanie klein

in den dunklen boutiquen der ichbildung
finden wir kinder, gefahren und penisse vor
sag vorhang, sag dingdong, sag deutung.
wir, die wissenschaftlerin und ich
gehen durch dunkle verkäufliche höfe
und trennen objekte in gute und böse.
in den arkaden unter der erde
durch die wir ohne bindung fluten
muss ich mir das beste versagen.
die unheimliche kinderforscherin
aber tastet sich durch die textilien
und zeigt mir einen shawl, sehr hübsch
diskret gemustert, ein geschenk
für mich und um den hals zu tragen.
ich bin ihr unendlich dankbar.
sie selbst kommt aus der kabine heraus
in einer nichtbewußtseinsfähigen bluse
frau klein, jemand wie sie kann das tragen!
denn sie können die bluse von innen beherrschen.
auf dem heimweg durch die ladenstraße
baumeln uns beim gehen die vollen tüten
um die beine, beinigkeit. wir beide. gehn.

park

das weiße licht in den straßen
bündelt die stadt und im park
über den wegen, wo der sommer verbrannt wird
stehen die segel des rauchs.
wir opfern zuerst deine keuschheit, liebster
und erhalten die gabe der sprache dafür
erschöpft und gelöst liegen die körper
im schatten der rede

sommer: das herz dieser stadt
schlägt nur noch alle vier stunden.
tollende hunde, einer, ein weißer
wird elektro-holunder gerufen
während wir am überhitzten kühler lehnen
und rauchen dreht sich der tag in
richtung des regens.

Schwedenschanze Gentlemen I

Wir sprechen von der Menge zerlegbarer Dinge mit Hörnern
die an besitzlosen Plätzchen Moos und karge Kräuter rupfen.
Daneben die Menge der Legenden, von der wir nicht sprechen,
weil wir es nicht können. Aber sieh nur, Bruder, die Berge!
Die dürren Wipfel der Fichten, die schneeweißen Gipfel,
das Grollen der kommenden Stürze, die räudigen Bären,
das Murren der Bergwacht, das Wort für Flugzeugbenzin,
das dem braven Senn nicht über die Lippen gehn kann.
Mein Bruder schnitzt, während ich spreche, hoch oben
ist meine Stimme nur ein Haar im dunklen Fichtenkamm,
von der großen Ziegenherde, spreche ich, die in den Stand
der Schafe übertrat: Der steile Augenstrich der Ziege,
die Pupille nämlich, klappte blindlings in die Waagerechte.
Aus dem queren Balken wuchs der flache Blick des Schafs.
Klackklack. Ein sehr geheimer Mechanismus, ein Geräusch,
wie aus den Knien vieler tausend Pilger begleitete den Übergang.
Täler bogen sich zur Weidefläche saftig, tiefe Schluchten boten
keine Obhut mehr. Mein Bruder will's nicht gelten lassen:
»Meine Liebe«, sagt er, »es gibt Wolken, die für gutes,
und Wolken, die für schlechtes Wetter sorgen. Die Menge derer,
für die gilt, dass sie für beides sorgen, muss notwendig leer sein.
Das gilt genauso für die Schafe wie für Ziegen und grasten
sie auch an der Schwelle zur anderen Gattung.« Doch ich,
ich hab das Geräusch aus ihren Augen gehört und werde es
niemals vergessen. Aus den strammen Ziegen in den Gipfeln,
in der dünnen Luft der Gottesnähe, wurden aufgerundet Schafe,
äsend unterhalb der Krummholzzone, außen Wolle anstatt Fell.
Meine neuen Schafe ziehen in der Herde an der Bahn der Differenz
entlang und machen Mäh. Ganz gewiss, sie tragen Trauer,
oder auch vielleicht ein seltenes Äquivalent davon.

ALBERT OSTERMAIER

ratschlag für einen jungen dichter

als dichter musst du wissen wie
man leute killt köpfe zwischen
zeilen klemmt sie plätten satz für
satz das ist das blei das du hast
ein gutes gedicht braucht heut
zutage einfach einen mord damit
die quote stimmt sie nicht zum
pinkeln gehn wenn du um ihre
herzen wirbst musst du sie brechen

abtropfen

wenn unsre lippen augen haben hör
besser auf mich anzusehen & schmink
dir diese blicke ab die an mir kleben
bleiben werd ich nie was soll die
augenwischerei uns bindet nur die
haut & die hat sich genug erregt lass
mich dich trösten kann ich nicht zum
weinen hab ich nur spucke übrig

o.m.u.

manchmal ist das leben ein
kleiner billiger film den du
nicht mehr nachsynchronisieren
musst hat das glück französische
untertitel und der atlantik passt
in ein rotweinglas in der hand
eines freundes der deine träume
neu besetzt auf einem tischtuch
einen strand aus weissbrotkrumen
baut und die schatten aus deinen
augen unter einen sonnenschirm
blendet manchmal genügt wenn
er dich allein lässt und hinter
dem feuerlöscher zur toilette
verschwindet ein zufälliger blick
und du willst nicht mehr mit
schuhen auf die strasse zurück

mississippi

ein gedicht beginnt in der lobby
eines hotels und endet mit einer
wimper auf einem kotflügel es
dreht sich auf einem barhocker
unter die alligatorenhaut der
sümpfe folgt den nebenarmen
des flusses in ein glas bis es
über die thekenkante kippt ein
knie das nach gin schmeckt
ein gedicht steigt auf wie die
luftblasen aus dem mund eines
ertrinkenden und lässt sich mit
den wolken die noch immer
vorüberziehen in eine handtasche
stauchen es ist wie die geduld
des wassers am abend der schuss
lemon der fehlt ein gedicht
beginnt unter den fingern des
pianisten und endet mit einer
mücke

MARION POSCHMANN

Stilleben mit Fisch und Milch

... der Spiegel von matten Fingerspuren
bepudert: die Augen mit Fernseh-
schnee belegt, darunter das Grau
weicher Bleistifte eingegraben:
so brach der Abend herein,
langten eiserne Gabeln
nach den Gläsern im Schrank –
ich hatte im Nachthemd
die Haare begradigt,
ich sah die wenigen Zimmerpfade
entlang, eine abgeschmackte
Traurigkeit oder Sturzbecher Lampe;
so kamst du von hinten mit schweren
Fingernägeln, die dir die Arme
nach unten zogen – du tratest mit rohen Füßen
zwischen die kratzigen Strähnen am Boden;
kauertest dein Gesicht neben meines;
zeigtest auf Blößen im Spiegel, die
Ängste vor hohlen Tönen;
als sei langes Wachen
die wachsende Fähigkeit, während wir uns automatisch
beschrieben, ein Augentrichter ...

Umnachtungen

heimleuchten, Einsamkeit,
Dunkel so dicht, daß es funkelt, und

Reiz-Reaktions-Schema: »an dir entzündet«
die stiebenden Lippen, knisternden Finger,
wie Chinakracher zwei Körper die lautstark

sacken aus seltsamen Fallhöhen, sanftmütig
zeichnen sich Dinge ab,
Türen und Schränke, die offenen Ränder,
die Schatten von Anfang und Ende –
zersprühende Wunderkerzen: so sind wir und brennen
die Jahre ab, *black box* / die Seele
in schwarzen Tapeten,

der Kronleuchter ausgelöscht, ohne einander
sind wir verschlossene Kammern
in denen es finster ist

Gnadenanstalt

barocke Lust überzuschwappen,
die zuckenden Lider, zuckenden Beine,
dick eingezuckerter Schlaf, süße Last
dieses Fleisch und schon außerhalb deiner Kontrolle,
schon fließend in Bilder, privates
TV-Programm, rosiger Saft, den ich schlucke,
du hast deine Lippen auf meine geschraubt
und der Körper, pumpend und träumend,
bewegt sich nach Fernbedienung

wir gehen auf Sendung, die Glieder
berühren sich, geben Signale, ich habe
die Haut voller Sirup, ich klebe
an dir, späte Serien rinnen dahin,
dünne Spielfilme, REM-Phasen, zappend
bearbeitet uns die Nacht

ich habe Lust überzuschnappen,
du testest im Schlaf
das Fassungsvermögen der Hände,
prüfst Südfrüchte, rührst
in heißen Kompotten aus quellenden Pfirsichen,
Pflaumen, Marillen, die Bilder verbinden sich,
dickflüssig sehe ich Herzkammern, Dias
von gänzlich gezuckerten Wänden,
ein Lichtblick, ein Kochstudio, das sich stabilisiert,
und du tastest mich ab, bis ich schwer werde,
durchscheinend, glänzend, der Körper kandiert

winterliche Anwendung mit Teelichtern

eine Zartheit befolgt, ein Herzklopfen, beinah
Anordnung (Flageolett):
ein versprengter Frost, ein Stanniol, das
Aufblitzen in den Augen
»wie sich diese unsteten Gegenden nach und nach
lossagen von uns«

Imitate und Tarnungen, halber Aufenthalt
wie auf fotokopiertem Schnee (die geheimen
Verstecke: dein einzeln beschlagenes
Brillenglas, ich bin anstandshalber
bald wieder gegangen) *und alle Berührungen*
fallengelassen: noch rasch
an dich angelehnt

flackernde Orte, ein Herzklopfen
voller Teelichter, leichte Bandagen: ich taste
die Schuhe, die Schneeränder ab
eine Zartheit befolgt, ein paar Fluchtpunkte
sachte verschoben, ich habe die Fingerspitzen lackiert
als wären sie winterfest

MAIK LIPPERT

z.b. bananen

esse ich noch immer
am liebsten überreif
wie damals
fruchtkörper
mit geborstenen schalen
gestrandete boote
am boden der nylontasche
mutter noch in der schürze der verkaufsstellenleiterin
gestärkte kragenflügel
im küchenhimmel
die essenz
mein ambrosius ein leicht flüchtiges ester
isobutylazetat
in jedem chemiebuch nachzulesen
und doch vergaß und vergesse ich mich noch heute
beim lösen der schalen
mit jedem biß ins mark
und ich gestehe
nicht an juanita gedacht zu haben
nicht an ihren vater miguel
nicht an jaime julio und atahualpa
ich weiß deren schule
sind geschwollene hände
und das modernde alphabet der stauden
und ich esse noch immer bananen
am liebsten überreif
in der küche sitzt mutter
die flügel am kragen sind müde
wenn du abreist
vergiß die bananen nicht

und ich kaue gewissenlos
im gebiß tastet die zunge
vergeblich nach sehnsucht
zur buße

(von der wirtin zu protokoll gegeben)

na pozegnanie
zum abschied
sagten die drei polen
und aßen bei mir
eisbein
vor dem zusammenstoß
auf der b4
schnalzten sie noch
golonka
golabki sa lepiej
krautrouladen sind besser
zuhause
sagte der eine von den polen
der nicht aussah
als hätte er noch ein
zuhause da drüben
der trank drei gläser wodka
und redete gleich vertraut
mit der tapete an der wand
nur einmal hat eine frau mit den polen
am tisch gesessen
aber krautrouladen hat die ihnen
bestimmt nicht gekocht
denn das ist schon eine kunst
das krautrouladenbereiten
das kraut muß weich werden
und doch bleich bleiben
wie hirnhaut

nachtfrost
und die fliegen am fenster
erhängen sich
müde matrosen
an der takelage
pünktlich zum blätterfall
wer gab den befehl
zum herbsttod
gardinen abhängen
und waschen
so landen sie doch nicht
im meer
nur in der lauge
und kreiseln
verwunschene kompaßnadeln
in chitinpanzern

(rückspiegelblick)

ich lasse hinter mir
die kirche im dorf
eine zickige gouvernante
mit ziegeldächern
um den staubneugotischen hals
eine kette aus kirschkernen
die sie durch kahle
plantagen trägt

HAUKE HÜCKSTÄDT

Thema über eine Variation

Gould sitzt auf dem Stummel von einem Hocker,
vor seinem Flügel, Yamaha, und summt ...
Die Haltung von Kopf und Händen,
die eines Spielzeugtischlers,
in einer Puppenstube Stühle rückend,
Fenster schließend. April,
die Eisberge ziehen vorüber,
die Stube wird davon empfindlich heller.
Über der zum Horizont auf Stoß gerückten,
silberfarbenen Tapetenleiste
das Foto in der Pose eines Arktikers
am Ausgangspunkt der Reise.
Die Wände dünn, man kann Gezwitscher
hören, Tellerscheppern, Telefongespräche,
einen Zug, so lang, daß sie in A und B
zugleich die Schranken schließen.

(Goldberg-Variation 25, Einspielung N.Y., April/Mai 1981)

Präludium

Das Cello zwischen deinen Schenkeln war nicht obszön,

als ich die Augen zusammenkniff
zu zwei schlüssellochbreiten Schlitzen
und sehen konnte, dass es der Rücken eines Knaben war,
der einen Arm über deine Schulter streckte und unerhört summte.

Der sanfte Stoß ließ mich erschauern,
mit dem du die ersten Takte spieltest, ereifert
und verfangen in deinem erschreckend geblümten Kostüm –
einer knietiefen Wiese mit homöopathischen Knöpfen.

Auf halber Strecke

Unsere Wagen, konspirativ geparkt.
Ein Roter, ein Blauer, gegenläufig, nebeneinander:
die klassischen Regulierungsfarben (Jugendzimmer!).
Dann unser erstes und letztes Dinner.
Dein Salat à la kleingemacht – essenziell und Essig,
mein blasphemisches Cordon Bleu – ich war selbst
wie ummantelt, ausgekühlt, angeranzt.
Und du wolltest unbedingt an meine Kroketten.

Ende der Legislaturperiode

Sex heilt alle Wunden,
oder warum pflastern wir
die Tage damit zu.

Draußen bappen die Republikaner
ihre Pappslogans auf die Höhe
von Hochspannungsmasten.

Also werden die Autonomen
in Holzfällerhemden anrücken
und die Straßenbesäumung roden.

Im Fernsehen hat die Opposition
drei Minuten, um auf den Punkt zu kommen.
Dann wieder der nächste Block.

NIKOLA RICHTER
sechs bäder aus dem katalog

hast du ein haus in ungarn, hast du
gekauft vom grafen, landhaus, gutshaus,
gast in der puschta.

putzt du die spiegel, kaufst du
glüh-birnen. sprühregen. leuchtet der marmor,
gefegt mit rosshaar.

tryptichon, säulengang, sagst du,
wir beizten die möbel, schraubten
lampen fest,
lauschten auf budapest.

garten II

damals
spuckte ich kirschkerne
jeder schlug wurzeln
unter unserem birnbaum
und der kranken tanne.
aber so,
daß ich sie nie sah
die kirschblüten regneten
und ich wurde naß.

dann nahm ich
papas axt und schlug –
tanne weg
birne auch.

grundlos

in die bittere sonne des sommers
malen wir ein chinesengesicht.
du steckst den zopf fest
und denkst an weisheit.

nebenbei kocht das wasser.
die tage sind so lang
wie der zopf des chinesen.
dein haar baumelt vom himmel.

es wäre doch gelacht,
wenn uns keine geschichte
einfiele oder ein abendlied
oder auch nur ein grund,
die haare zu kämmen.

parc broisse, montmartre

boulebahn, kalte küsse im nachmittagslicht,
die statue, die sich selbst ersticht,
russische touristen, leise und dünn,
hinterlassen kaum spuren auf dem geharkten
chemin.

MATTHIAS GÖRITZ

Für Wolodja in Moskau

Ich gehe ans Fenster
und werde ein schöner Abend

Was macht man im Himmel?
Wer stirbt ist nicht mehr auf der Welt

Im Himmel essen sie Eiscreme
Und wenn es die Farbe gibt?

Ist die Farbe nur ein geträumter Raum
Ich bin im Bauch von Mama

Gott macht dort Pizza
Wenn ich rauskomm, gibt's Lärm

Mama schreit
Ich schreit

Die Hölle stell ich mir lieber gar nicht erst vor
Ich bin mir ziemlich sicher, daß es sie gibt

Im Unterschied zu den vielen Dingen
hat das Nichts die Farbe weiß

Meine Mütter kommen vom Affen
Ich kann keine Banane mehr sehn

All das macht Lärm
Und das Fegefeuer ist, glaube ich, wie die chemische Reinigung

Alles was auf der Welt ist, stirbt
Und wenn wir dann weiterleben, zum Beispiel im Himmel

regnet es

Blitze

Ich gehe
Blitze schlagen

das Haus
Mutter sagt

du sollst zählen
ich komme nicht mal bis eins

Zwischen den Nadeln
hinten am Fenster

Notstrom
das Licht geht aus

Opa ist seit zwanzig Jahren tot
aber sein Garten tobt

Es ist schön wenn man weiß
wo die Eltern waren

Blitze. Heller als jeder Tag
Heller selbst als die Sterne

Metronom

Stell dir vor: Dein Ohr ist nicht da!
Das schmale Klopfen der Welt, das du hörst,
Regen versinkt im Schweigen der Barometer.
Die Jahre vergehn. Das heißt: man ist
mit etwas befaßt. Zeit, Rhythmus, Takt.
Man sieht in die Sterne. Wenn du hineinspuckst
kannst du ihn fühlen: den kühlen Wintermorgen.
Die Scheiben der Schuhgeschäfte vorm Öffnen.
Nackt liegt das Licht über der Einkaufszone.
Du spürst Gras. Es ist zu hören das
schmale Klopfen der Welt. Regen auf Glas.
Vor deiner Haustür

Stadtplan

Die Namen bedeuten mir nichts
State Street, Clark Street, Belmont
Die Illusion ist kein sicherer Rückhalt

Da geht es nach links
Da geht es nach rechts
von Westen nach Osten

Da ist der See –

Aber vom Schweiß steht da nichts
und vom Licht, das nachts mit seinen Schneidezähnen
in die Straßen herabfährt

mit dem leichten und leeren Geräusch
Hier, glaubst du, kommt die Übermacht ganz von selbst
Ich stehe am Fenster und schwitze mein Ich aus

Rette sich, wer will

MARCUS HAMMERSCHMITT

Psalm

Ich gehe unter Blüten,
denn so ist es sicher.

Fällt mich dort ein Raubtier an,
ein Heiliger mit seinem Glück,
die Zähne werden stumpf,
das irre Lächeln schwindet,
der Blütenschnee macht sie ermatten.

Auch Borke, Rinde, Federvieh.
Alles was sich weiß und rosa
in die Lüfte windet. So sänftigt
die Natur das Gift des hohen Säugetiers.

Es duftet. Es ist weich.
Federn, Blüten, Haargesichte.
Wir hätten was zu essen
und fühlten uns geliebt.
Das gute Ende der Geschichte.

Sommermacher

So treibt die Knochenhitz
das Fleisch, das weiße Fleisch
wir sind gesund,
und wollen's sein,
verzeck die blöde Sonn.

Wo ist der Schmerz die Wahrheit,
Angst macht breit werd schmal Gevatter,
spring ich neulich von der Schippe
in die Grube.

Sommer hier zum Überstehen,
kommt der Haut der Knochen raus
fürn Hund. Geh nach.

Allzuviel Gebiß. Und Hasen rot
und tot. So auch unterm Regiment
des neuen Gelds, des alten Gelds
der Währung überhaupt,
die Hitz vor allem.

Schweiß will trinken,
das ist heiß. Das Wasser
hat kein Mund. So komm denn
auch zu Bruch. Mach Hündchen
für die Hitz ohn Feuer.

Übernächtigter Spaziergang

Die Kiffer am Fluß, und ich
verbrannt von nächtlicher Strahlung
ein trübes Gestell, mit Sonnenlicht,
gesetzlich alles verseucht mit Genuß,
es wird nicht geschossen,
man denkt sich seins,
drüben am Wehr
sprudelt der Schaum.

Enttäuschung ist eine Waffe.
Die Kinder bohren das Wasser an,
so manches fällt hinein,
die Trunkenen, ein böses Wort,
wie es euch gefällt.

Berauschen kann ich mich auch,
auf Übersicht kommt es an.
Jetzt noch ein schnelles Gefühl.
Ich denke einen Satz aus,
für was die Welt mir will.
Genug gespart, die Strümpfe feucht,
ich will nachhause.
In meinem Zimmer
beginnt der Durst.

Die Liebe atmet kaum

In der Nacht
bin ich verwundbar.

Das Herz ein
Schlachtereiabfall.

Das schwarze Nest
im Herrgottswinkel
deiner Scham,
lang verlassen.

Die Wände hören zu.
Das alles geht so matt.
Ich will nicht Letzter sein.
So komm denn,
atme ein.

RAINER STOLZ
Lockung

nie zieren
nie zieren komm
komm nie zieren
komm komm komm
nie zie nie zie
nie zie zie zie
nie zie zie zie zie zie zie
komm
uuh

Ansonsten Regen

sprich zwei somit ein Paar sogar
folglich sattsam zwar doch Streit
es schlechterdings keilt halt
ansonsten Regen

wiewohl nass zutiefst zu zweit
dessen ungeachtet Schirm dabei
quasi allenfalls Vorhandensein
nichtsdestotrotz Regen

ob mitnichten diese beiden zwei
merklich je desto lieber Streit
tunlichst nicht allein zumal
nachgerade Regen

respektive eben alle beide hier
mir nichts dir nichts sich ohnehin
freilich schlussendlich unbedingt
zumindest Regen

Beat-Gedicht

Als ich wieder mal auf Kuchen war
in einem dieser Museumscafés
fragte ich mich ob die Kunst noch Unsinn hat.
So wie einer neulich linkshändig
Geld hinten rechts in die Tasche tat.
Oder zwei sich bye-bye sagten
indem sie sich die Zungen rausstreckten.
Ich sah ewig auf eine stehengebliebene Uhr
und fragte mich: was macht die Muse
wenn Grosz bei Beate rumhängt.
Als ich dann in die Stadt fiel
passte mich ein Plakat ab:
»Everyone is an original!«
Ich stahl einem Autoradio ein Lied
und spürte die Sehnsucht der Lautstarter.
Die Melancholie der Fensterhocker
rührte mich im Vorbeigehn.
Tief in mir rebellierten Randgruppen.
Selbstgesprächler waren massenweise unterwegs.
Ich sah Jugendstilscheiben zerschlagen.
Ich sah eine Alte am Stock
Golf spielen mit Kot.
Ich sah Gummis aus Fenstern fliegen.
Ich sah eine Frau die schob eine Kinderkarre
worin ein Mädchen eine Kinderkarre schob.
Ich sah Männer rechte Haken tauschen
und dass sie sich zu Treffern gratulierten.
Ich sah Wachleute wie sie Unwesen trieben.
Ich sah einen eine Karte essen.
Ich sah die Waldbereitschaft zunehmen.

Ich sah Autos Fußgänger überqueren.
Ich sah zuckende Münder und Augen.
Schultern zuckten immer zuletzt.
Mir kamen Türen entgegen.
Da sah ich die Kunst: ein Turm aus Schrott.
Drumherum lungerten Warengruppen.
Ich sah wie Kontrakte sich schlossen.
Ich ging gespenstisch um in vertrauten Ketten.
Wieder trat die Utopie hart ein.
Happyendverbraucher sah ich
und ging rasch zum Bäcker.

Schlosspark

Regenbogenwerfer sprengen den Rasen.
Zarteste Raupen fallen herab direkt
auf meine Arme. Unter dem Barock-
brunnen hocken die Kokotten und ich.
Windstöße biegen Hecken. Touristen
schießen ihre schärfsten Bilder. Wir
lassen die Raupen in Schönbrunner Gelb
langsam auf unseren Zungen zergehen.

SABINE SCHO
Kanadier im Anflug

vier in Formation
von unten, vom Boden
aus gesehn, man steht
in Pfützen, in Lachen
auf dem Rollfeld und
schaut, Schauflug am
Tag der offenen Tür auf
dem Oldenburger Flugplatz
voyage autour de ma chambre
»und weit darüber hinaus«
man teilt sich den Himmel
die Rollbahn teilt ein Staketen-
zaun, der trennt die Besucher
vom Bodenpersonal in Montur
»runter kommste immer«
»Knüppel nach vorn!«– die Maschine
kippt – »jetzt ziehen und abfangen«
den Steuerknüppel fest an den Leib
gedrückt *und du steigst und steigst*
unter dir bäumt sich Danzig auf
unter den Tragflächen der Danziger-
Fliegerstaffel: *Danzig bleibt deutsch*
ein Standpunkt, der Jäger liest
die *Schrift der Erde*, die Boden-
literatur von oben Landnahme-
romane, *was nie geschrieben*
wurde als Wiegendruck, der Wind
hat gedreht jetzt fängst du an zu
turnen, die Bodenrunen rutschen
in den Flattersatz, ferne Motoren

und wunderbar getroffen greift das
Newtonsche Gravitationsgesetz
»da hat der liebe Gott persönlich
das Steuer geführt, so in den
letzten fünf Sekunden«
es fängt wieder an
zu regnen man
räumt das Feld

Mit Bubi im Strandbad

Nordseeheilbad
Seelenbäder, Sedativa
Volksfreundseelen unterliegen
der Mazeration, Marat am Meer
psammophil und voll
wie eine Strandhaubitze
(schweres Geschütz) in den
Sand gesetzt, gesetzter
älterer Herr, den Arm in
die Hüfte gestützt
schaut aus der Wäsche
voll bekleidet, einziger Kontrast
des völlig überbelichteten Bilds
der Rest scheint weggeblitzt
links ein Strandkorb auf Augenhöhe
die Box hat Bubi im Visier, Bubi im
Goldenen Schnitt, Bubi den Bauch
vorgestreckt, den Kopf bedeckt, dem
Barett fehlt die Visierklappe, dennoch
Bubi schickt gezielt den Blick zurück
wer hier wen anvisiert und ob zwischen
Bubi, dem Sand, der Riesenbadewanne
der Raum tief und meßbar ist, schwer zu
sagen, von rechts stapft ein Badegast ins
Bild, das zerfällt vor den nur zu ahnenden
Horizontalen, Himmel, Strand und Meer
Bubi vor den Elementen, zurechtgerückt
fehlt der betretbare Raum, Flutlicht hat
Hintergrund und Bilderflut verschluckt
Bubi allein mit der Box, vor der Box

wie unschwer zu erkennen, Bubi
hinter Bubi vor der Box, der weg-
geblitzte Rest, das Badesalz des
Bilds bleibt Bubi, Bubi bleibt
Der Weg aus dem Nichts
erst neulich war zu lesen:
Ausverkauf bei Bubi Scholz

Mutti beim Abendbrot

Wer war und was tat
Clemens Wilmenrod?

James Cook in der Küche
bei einem Toast Hawaii

bittet zu Tisch »ihr lieben
goldigen Menschen«

Die süßesten Früchte
vom Heeresvorrat

die Kochvorschrift aus
dem Kriegskochbuch

für fleischreife Tage
Aufschnitt aus dem

Absorptionskühlschrank
»Strom kommt sowieso

ins Haus« ein Anschluß
an das bessere Leben

nicht gegen den Strom El-
ektroherd, Heißwassergerät

»Nutz das aus!«
Kampf dem Verderb

whats cooking
sandwichman

Wer gegen wen?
Kochknecht im Stück

mit der Schürze
und Schnurrbart

legt vor ein Stück
gleich in Stücken

das Schwein
die Bohnen

arabisches Reiter-
fleisch 185 Folgen

die man am
liebsten sieht

er war ein viel-
geliebter Mann

Discoverer – Resolutionen
das zog zwanzig nach acht

hat vielen vieles
aufgetragen

für alle wohl
stand Woche

für Woche zum
übertischten Mal

Carl Clemens Hahn
in der Fernsehküche

Es liegt mir
auf der Zunge

Straßenfeger Wieder-
gänger Wohlstandsahn

ein heiterer Beruf
der Strom dazu

kam aus
Niflheim

das bleibt
sich gleich

wie war und was tut
der Tod auf Hawaii?

Richtfest für den Sortiermaschinen-Anbau

die einzig wachen Aufrichter räumen dem
Lorch Vakuumverfahren den Platz für die

Auslese ein, Gleichenfeier »nix da von Hand
schon gar nicht von eigener« sortieren, son-

dern, auswählen, Lorchs Sortilegium, *es geht
nicht mehr ohne* Dreikammer-Sortiersystem

Federn, Halbdaunen, Daunen, Landrupf aus
Polen, Beschluß vom Bettfedernkonsortium

»die dumme Gans, di leg i um« noch eine von
der Sorte, *heut liegt was in der Luft*, jenes Leich-

te, Lockere, Zwanglose als Schmok, *erdenfern
und sphärenweit* »ich ahne und vermute«

nudeln und stopfen, Schmalz, Blut, Leber
»da bleibt man im Geschäft« über lange Zeit

hinaus entstäuben, waschen, trocknen, kühlen
plus Seife- und Bläuezufuhr, da hast du ein Bett

in den Daunen, erinnert an Wolken, aus der Luft
gegriffener Alp einer Unschuld vom Lande/Gänse-

züchterin, die das Bettenfach erlernen will »mir ist
so komisch zumute« (Pommerngänse) raumhohe

Sortiermaschinen »Manometer!« ein Bittermandelduft
sorgt für Wind »horch, hier wird nicht geschlafen!«

Ihr stockt der Atem, nachts in die Kissen geheult wo keine
Kissen und kein gemachtes Bett, *Bonjour tristesse*, Pro-

krustes, Staublunge und Hautblüte, der Alltag hat uns
[wieder

193x Cäcilienbrücke und Bettfedern-Fabrik
lautloses Getöse, kein Orgeln, keine Kirchenmusik, keine

Kirche, zu wem auch beten neunzehnhundertsounddreißig
Martyria als Bettenfabrik, jetzt bloß nicht frömmeln, sie steht

doch noch, Kleinkapitol in voller Wirtschaftsblüte von bigotten
Gänsen bewacht, con anima »haste Töne« ins *Keiner schlafe!*

eingestimmt Jupiter/Juno/Minerva = die Konkurrenz, die niemals
schläft, hat dem Kleinbetrieb konzertant die Serenade verstimmt

keine Sorge, den Seinen gibts der Herr im Schlaf, den weniger
Seinen »na, die bleim em wach, eena muß ja arbeeten« (lacht)

wenn der Mond aufgeht, Sterne am Himmel stehn in wolkenloser
Nacht, Diesseits als Dreikammer-Sortiersystem, sonst still

Und wissen gar nicht viel

die Gänschen vom Land am Meer, *rund und schön!*
Bettreif georgelte Automaten, die lernen schnell *(stech tiefer)*

sich hinzulegen, versus rapportati: sichten, sondern, auswählen
züchten und kultivieren, aus dem Staub gezogene Heloten, blond

und blaß, mustergültiges Gänseklein, oh Wunder, was ist das
für eine Sippschaft, die wäscht sich den Flaum, aber macht

sich nicht naß, keult, ochst, knechtet, schwitzt Blut und Wasser
Gänsewein bis die Federn fliegen, ohne Gans – ganz von allein

Verschon uns, Lorch! mit schlafen, sorg für Druckausgleich
»wir ham die ganze Nacht durchgemacht« gleichviel, laß

doch die Götter ruhig strafen, wer da schläft, wen wunderts
sündigt
[Gute Nacht und schlaft recht schön!

CHRISTIAN FILIPS

Schäferweise

Was weiß das Schaf vom Öl und vom Schweiß
und vom Talg in seinem Garn?

Was weiß es von den Flöhen? Was

vom Wolf in seinem Pelz?

Statuen

solange sie warten, Kalkregen
streift ihre Stirnen, so lang
wird ihnen das Haar
getüncht, werden die Runzeln verputzt,
die Mienen versteinert, solange sie

Tempelschlaf

Der Kropf, gewachsen mit Unterdrückung des Atems.
Die Bernsteinkette: das Halsgewächs konserviert,
wie die Fliege, nächtlich in den Venen surrend.

Horch auf das Surren im Tempelschlaf.
Wart auf ein Zeichen. Deine Haut, eine Unruh,
zitternd, federnd beim leichtesten Flügelschlaf.

geh aber sprich

geh aber sprich zu mir solang wir aneinander
die gesichter maßen sprachst du kein wort
die hinterköpfe aber sind gesprächig im gehen

sprich zu mir in die luft hinein sprich nur zu mir
in der luft sprichst du mich nicht an hinein sprichst
und gehst wie ich wo nicht gehend sprechend

durch die luft zu dir und mir geistert wetter
gewolkt wattiert geschminkt du sprichst
mich nicht an in der luft in den wolken

im luftloch nist ich mich ein brütet die luft mich schwitze ich
sprache sprich luft zu mir und geh. aber sprich

DANIEL FALB

die sog. letzten fragen ziehen als rauch über dem schornstein einer
modelleisenbahn
der miniatur-bahnwärter fuchtelt gereizt mit den armen warum ist
nicht ganz klar
du bist echt mundbemalt aber das stört niemanden oben fummelt
ein adoleszentes geburtstagskind
am trafo herum vor der kleinen kirche mit diodenbeleuchtung steht
dann viel später
ein hochzeitspaar und bewegt sich nicht

andere handlungsanweisungen, ein ortswechsel.
diese landschaft ist so fremd wie ein operativ

verändertes gesicht. ich erinnere ich müsse dich kennen,
du gehörst zum kreis der familie.

ich erinnere eine vertrautheit, du bist eben unbekannt,
aber vertraut. (eine diskontinuität

ein unglaublicher freispruch, reisen bildet.)
hier war ich schon einmal, hier muß ich schon einmal

gewesen sein. die linke hand fährt die landkarte ab
und findet den weg, die rechte

weiß nichts davon. (die anatomie ist wehrhaft.)
ein kläglicher stierkampf in spanien

umgeworfene BMWs, genaue beschreibung der sachschäden
im tageslicht und
so viel tourismus; ich sah überall muskeln und durch die gesten
hindurch auf das meer. ein paar tage lang hieß die animateurin tina,
dann
blieb sie plötzlich weg und alle ahnten etwas. im hotelzimmer
gab es kabelfernsehen, wir sahen die *tagesschau*, die terroristen waren
wirklich gut gemacht.

ein soziales stillleben im strich von vermeer
der klavierlehrer fingert eine besonders
süsse 15jährige sonntags spaziergänge mit der familie
im umland und noch immer
pubertät später wird aus dieser onanie liebe
und eine zärtliche verehrung für juliette
binoche die jahreszeiten ziehen unbemerkt vorüber
was sehr schlimm ist
und manchmal die revolutionsetüde von frederic chopin
neuer fingersatz aber die gleichen fehler

CAROLINE HARTGE

brief nach hause

wir haben immer bei den bäumen gelebt
und es lebten die bäume bei uns
wir gingen des tags durch das dorf
wie wir nachts auf seinen matten schliefen:
unbeschuht
und der bast verrottender zweige
war kühl und weich unter unsren sohlen
kühl und weich; die steine spürten wir nicht
wir waren kleiner und lebten nahe am wasser
wir winkten unseren freunden am anderen ufer
und unsere freunde winkten zurück
wir hatten unsere körper
ohne jemals unrein zu sein

die worte unserer sprache
klingen hier barbarisch (so nennen sie es wohl)
und will niemand sie verstehen
ihre gesichter so ehern und untröstlich
ihre feste ohne lust ihre körper ohne blut
nie siehst du hier jemanden beten
mir scheint auch sie hassen die bäume
weil sie größer sind und anders leben
die stimmen der freunde aus dem TE-LE-FON
aber man sieht einander nicht winken noch lächeln
und vögel habe ich hier noch kein einziges mal gehört

nichts ist gleich geblieben
noch nicht einmal der mond
uns war er eine scheibe aus reifem kürbis gelb und fett
hier ist er nur die bleiche schuppe eines verendeten fisches
mit einem schaff wasser in die gosse gespült
ein schmutz am himmel

ich bin das selbige haus
und die flammen die es niederbrennen bin ich
& ich bin
was man nicht verliert
weil man es mit sich führt
meine füße sind meine einzige last
ich bin ein stein der in der erde liegt

ich bin die heiserschreie der elster
und ihr schwanken im höchsten zweig bin ich
& ich bin
ein könig: der blickt zu niemandem auf
und sieht auf keinen herab
alle sind könige
ich bin ein stein der in der erde liegt

ich bin die neigung der u-bahn in der letzten kurve
und das sprühende kreischen der räder bin ich
& ich bin
der einzige ruhende halt
der verschlossene türen nicht leugnet
ich rüttle nicht gitter noch gatter
ich bin ein stein der in der erde liegt

ich bin zwei junge graue tigerkatzen
und der ball aus silberfolie bin ich den ihre tatzen treiben
& ich bin
das geräusch von tatzen über ball und roten ziegelboden
leiser als atem
und schneller vorbei
ich bin ein stein der in der erde liegt

Ankündigung

eins in den dunklen augen des andern:
so haben wir dich kommen gesehen

an einem klaren lieblichen tag
kann man weit sehen
        unter dem hain aus zwitschernden vögeln
        durchs fahle laub vom vorigen jahr
        bricht frisches gras
        am hang nahe dem bach
        wohin nie jemand kommt

in der tasche
ein stück dünnes papier
mit gebanntem rauschen:
        eine schnur perlen das rückgrat
        ein zierlicher kamm der brustkorb
        eine aufgeschnittene zitrone
        die klopft –
das herz
betrieben von
einem unaufhörlichen
Ja

eins in den dunklen augen des andern:
so haben wir dich kommen gesehen

bergbauern

dies also
ist unser acker:
steinig & klein
gelegen am hang

sieh auch die steinernen wälle
ringsum:
so viele steine!
haben wir gelesen
an den feldrain geschleppt
zu solchen wällen geschichtet

das war unser täglich
                brot

und der steine war nie ein ende
es schien
sie wüchsen unermüdlich nach
rund und schwer und rübengroß:
wir lasen sie doch auf
schleppten sie an den feldrain
und schichteten sie auf zu diesen wällen

allein –
es haben die wälle nicht mehr geholfen
als kinderwunsch
die unwetter der letzten zeit
rissen den mutterboden
über nacht zu tal
und was von der krume übrigblieb

weht jetzt ein kalter wind
hinweg über die kahle höhe

uns bleiben
die steine

CHRISTIAN LEHNERT
bruchzonen

I

an diesem zerbissenen schlauch im mund wüßtest
du, der ursprung aller wesen sei das meer, worin
die erde schwebt wie ein rochen, fluoreszierende
korallen drehten sich nachts in warmer salzlösung,
verkrümmt wie ein embryo, vor erregung zitternd,
schwimmst du, ahnend, wie ein reifes ei im schleim
versunken sich verdoppelt über dem offenen grab
des ozeans in das leben des anderen tod, gäbe es
kein zurück mehr, strampelnd um die nackte zeit,
sei das riff ein erratischer chor von frühesten
ängsten vor stacheln, vor blutroten kiemen,
wo membranen dich zerteilen, bis du dir völlig
fremd bist, entkräftet unter dem ewigen herzton,
erschrocken, daß die bewegungen zu dir gehören,
sinkst du wie ein vergessener name hinab in
das gedächtnis eines vagen ich bin, der ich bin

(ras muhammad, sinai)

6

dann würdest du im torbogen diesen hockenden
leib sehen, verkrümmte finger in die stirn gebohrt,
falltrichter, vom frost in den schädel getrieben, ein
von erleuchtungen verbranntes ledergefäß, gefüllt mit
staub, der in der sonne singend etwas wie den einklang
mit allem meinte, äther ordnungsloser geräusche, an
stahläxte erinnernd, seit anbeginn helle schläge, bis
du hier gewesen bist, als würde eine person, frei
erfunden, dich weniger hinfällig machen unter der
ahnenmaske jener fremden, nie verstummenden sprache,
fließender paradigmen des gerölls auf den löchrigen
lippen der dünen, lauschtest du unter der bleichen
kutte diesem rauschen, wie zu atem reduzierten
gebeten, des windes saugen an den warzigen pupillen
der felsen, in die brüche des gesteins blickte reglos
ein gekko wie in dein gesicht, das vage wen erinnert?

(gebeinehaus st. katherin, sinai)

Diese Mitte war gesetzt und weitete sich: verstrahlte
Halden, ein Schacht, kilometertief, bis es wärmer wird.

Tötender Theseus, so schwankt die Kabine mit dir
ins Gestein. Ein leichter Druck auf den Augen, ein

erster Gang, der seine dunkelste Seite entblößt: dich –
Double einer Wasserlache, absorbiert von Angst,

kopierten Mutterreflexen, Drahtseilen. Du krochst mit
dem Rücken zur Wand, wuchsest aus den Schatten wie

ein T-Träger, der sich dem Griff der Schwerkraft beugt,
ein rätselhafter Abdruck auf einer Schicht Sediment,

Probestück eines Körpers. Daß du nicht tiefer fuhrst,
woher wußtest du damals bereits, daß es falsch sei?

Im Lichtkreis eines Sterns, im Schatten, den meine
Sprache wirft, laufe ich über einen dunklen Spiegel,

Lagunen, Tümpel von Salzwasser, die nicht abfließen
können, gerichtet auf keine Perspektive. Ich sehe

nichts geschehen, doch Verschiebungen ... vage,
an der Hand des Kindes, seinem Zeigefinger,

seinen gefundenen Namen: ist etwas an seinem Ort?
Wellen, die in sich selbst zerfallen, ahmen sich nach,

indem sie sich erfinden, geben, was sie empfangen –
Antiphon der Flut, die vom Ufer schweigt. Du mußt

die kalten Quarze auf die Stirn legen, um so klar
zu denken wie die Venusmuscheln und die Tange.

STAN LAFLEUR
tanz

eine gruene ledertaube, aas
sasz stets auf groszvaters knie
er, mit dem cognacschwenker
der sprengmeister, leistete
seinen beitrag
in oberbergischem platt
die kabel umwickelte groszvater
als es noch keinen kunststoff gab
mit gruenem taubenleder
& wand sie um den bleichen
teil der nachbarn
die nachbarn schluckten
viele kabel, bis tief hinein in die leber
& groszvater gab strom
das waren so die tanzveranstaltungen

siegeslied »am stahlwaeldchen«

»fuer rudolf«

am himmel erklingt die humanitaere
sinfonie no 1 der jagdgeschwader
nato-music, virtuell & fern
prasseln sackweise naegel auf die erde
bilden stahlwaelder, nackte rekruten
eine spaetere touristenattraktion
sieh: hier fiel dein groszvater
wofuer, das wuszte er nicht, er war blind
falls glaubhaft ist, was seine tochter so sagt
die angeblich bis aufs zahnfleisch
vergewaltigt worden war
von den anderen & den unseren
auf der terrasse am stahlwald
haelt sie ihren kaffee in den wind
zaehlt die alten tage
& wirkt sie in ihr graues haar
ihr laecheln ist ein fels aus granit
zerfurcht, statisch, indessen
bearbeitet & geschliffen
mit einem grafik-programm von adobe
damit sie weltweit herzeigbar ist
deine mutter, die immer wenn
sie an sex denken musz, nachts
das bett naeszt

bei murat

ich erinner mich an dich
du warst sexy hinterm glas
unbaendig & devot als ich
bei murat doener kebap asz

dein kuehles haar strich durch den wind
wahrscheinlich eher umgekehrt
du trugst im arm ein kleines kind
mein sein war grad granatbeschwert

es lief so tuerkische folklore
fuer mich hoerte sichs tragisch an
ich sasz & asz auf der empore
& fragte mich: wer ist ihr mann?

das glas war klar & sehr banal
du schwammst auf der andern seite
paar raki linderten die qual
der stadtverkehr ging in die breite

ein einfall & es waer geschehen
zb dasz ich rosen klaute
ich werd dich niemals wiedersehen
weil ich stattdessen doener kaute

der raki gab nen trueben schein
ich glotzte bloed & nickte stumm
dumpf trumpften plastikukeleien
im quirlen grill-aquarium

ich trank noch ein paar raki mehr
den rest hab ich vergessen
uh, girl, ich liebe dich so sehr
ich werd nie wieder doener essen

herbst

nachts im park fiel ein meteorit
zwei schritt neben mir nieder.
mit sicherem blick erkannte ich
ihn wieder: es war genau der
stein, den ich vor dreiszig jahren
aus einem fluszbett schnitt
um zu erfahren wie weit sein
ritt wohl weilte, entgegen der
schwerkraft, wenn ich ihn warf,
das weltall anpeilte & warf.

MIRKO BONNÉ
Trikolore

Augenuntersuchung. Die Pupillen weit
gestellt. Schon ist das Licht
nicht Favoritin dieses Tages.
Alles strahlt für den Moment,
Bäume, Leute, Maulheld.
So ein langsamer Sommer
wird zweifellos Geschichte,
so ein ärmelloser Himmel,
Engel mit Schwimmflügeln,
die gegens Ertrinken anschreien
und den Ausdruck des Ozonverlusts
von einer ganzen Woche Hitzefrei
im aufgequollenen Gesicht.

Schnauze, du Scheusal im Schatten.
Im Morgenchlor hält alles fest
an aller Rückzugsmöglichkeit, d. h.
es ist Herbst im nervösen Jahrhundert,
noch einmal der alte Dreifarbcode,
verrosteter Montagekran,
melancholischer Werftschrott,
Mangelei. Weiß der Himmel.
Roter Sportplatz. Hibiskusblau,
blauer als das stotternde Laubgebläse,
das Himmel und Spielfeld durchlöchert,
flattern die Trikots der Fledermäuse.

Nashorn

Nacht. Rippen vom Rhinozeros
um dies Stück Fleisch gekrallt,
hat mich ein flüssiges Geschoss
im Schlafen abgeknallt, denn,
ja, ich liege wach, ich rieche, und
Nervös war das Jahrhundert liest,
kaum dass ich in die Mulde krieche,
an seinem Fensterplatz das Biest
und lacht. Wie weiß der Himmel,
die Kamine jedenfalls sind nicht
verflogen. Miststück hat gelogen.
Und alles ist von großer Wichtigkeit.
Die Brust. Die Milch. Die Trauergelatine.
Gegenüber zieht sich eine Frau am Kleid.

Temerin

Die Gärten sind noch immer
von Laub entkörpert,
Jahrhundertunrat häuft sich
an den Mauern zum Asyl,

und im Eisentorschatten
kühlt der Maulbeerwein aus, brodelt
in großen Bottichen unter dem Efeu

und um Herd, Tisch und Bett
in der niedrigen Küche ...
an allem berauschender Spiritus.

Wortlos spielten wir Russisch,
mit geneigten Köpfen,
nah am Kalkofen,
stundenlang nachdenklich
über den kantigen Zeichen der Springer.

Und hinter den Umfriedungen die geräumigen Höfe
waren aufgehobene Kindheiten,

und die Spielkameradin begrüßt dich und ruft
deinen Namen noch immer auswendig rückwärts,

und der Großvater, der dich mitnimmt abends
durchs Maisfeld zum Friedhof, wo er arbeitet,
spielt noch immer Schattenspiele für dich
mit den Geräten, die seine Hände richten
im Licht der Taschenlampe Ariels.

Unsicher, mimetisch,

die Wunden
in den Fingerkuppen verschorft
und die ersten Anflüge
von Meuterei. Gemiedenes Grün
kommt hinzu, es ist die Neige
des abgestandenen Sommers und
unnütz, wie Ruß, der
Pfennig der Währung,
die es nie gab.

Was kaufe ich? Heute ist Wärme teuer,
sie kostet dich mehr als Augenblicke,
Worte.

Dir bleibt noch ihr Haar, du
hast das Glück des
Gebundenen. In ihm löst sich
dieses eine Geheimnis, umwittert
von Müdigkeit: Du gehst
als ein fast Toter zu Bett, und
am Morgen ist das
Verrecken erneut
freundlich aufgehoben.

SABINE SCHIFFNER
ostfriesland schwankt

über das flache land
hin stehen im norden
rote türme im schiefen
wind wir glauben nicht daran daß der
untergrund schwankt aber
dieser turm hält in den gehirn windungen
einzug als ein
bild ein zeitzeiger zwischen
erde und himmel das ist
da wo flutopfer
wohnen wo keine wolken
dunkel schaffen da wo
angesichts vergänglichkeit
lachen übrig ist

über das weite land
hin steht ein zaun er ward
montiert und demontiert
wieder zu nichts
in nederlands flüstern
aus den ruinen von drinnen nach draußen
staunend wanken wie jung die
zeit ist in wieviel jahren zu so
wenig geschrumpft das wort das
dieses ungetüm dankbar beschreibt
hielt einst einzug als
schrecken nun ist der himmel
holländisch blau
kühe grasen das stroh liegt schon
lange in ballen da im herbstwind

erinnerung trägt den gast
fort hinaus auf den rhein
leere kameras winken und auf die wellen
kämme tanzen dort sinkt er zum tuckern
der binnenschiffe

brunftzeit

drei wildkaninchen tot
daneben ich mit roten händen
fell gehändel
ein tier so weich
krallen setzen worte
in meine haut
diese rillen werden stets
zu transplantationen
meine haut fehlt
jagdzeit ist flüsterst du
aber winter ist sage ich zurück
während wir schleichen fällt
schnee durch die
tannen
kristalle und
brunftzeit rieche ich patronen
du siehst mit sperberaugen
mein gesicht

das familienwunder

die vertraute stadt ist staubig
ganz anders so und fast
bleiben mir die kuchen im halse stecken
bin ich alleine im heim
flüstern und seufzen türen
spuren legt der wind aschespuren
hier auf die schwelle
und meine angst ragt hinaus
wenn der letzte schluck
getrunken ist bleibt
in den tassen ein
geflecht von dornen
anstandsblättern
kleine alte haufen staub legen sich
auf meine lider und
eine stimme überschreit
noch meinen schlaf
ich springe auf und nieder
der duft der großmutter ist tausend jahr
ketten legt sie auf mein haar

Ein großvater

Ein großvater treibt lautlos
An dem anderen vorüber ein
Schneefeld sein körper dann

Eine schwemmung der wiesen vorbei
Ziehen die muscheln am grund sind
Wind echo eine

Trägt den rest noch einer roten
Schleife sie singt vom ufer
Kauen aale kaum glänzen

Die kiemen im feuchten gras
Sein körper legt sich zur seite
Und: findest den weg schon alleine er

Hebt den kopf eine spiegelung der
Flußsehnsucht beäugt das meer das lockt
Mit möwenliedern er läßt sich treiben

JOHANNES JANSEN
Bilanz des Sommers

Nichts war zu deuten.
Ein giftgrüner Dampfer gab Zeichen
Von fern aus dem Regen
Und die notierten Worte
Entschuldigten sich
Für das Unverständnis der anderen.
»Ich bin kein Schütze«,
Sagte der Junge,
Man traf ihn in Schwarz
Als er zum Friedhof ging
Um Photos zu machen.

Nichts war zu deuten.
Meine Hand
Fuhr über ihren Rücken
Wo vorher der Zettel hing:
»Ich bin wieder da.«
Alle Minutenbekanntschaften
Kamen zurück
Und brachen den Frieden.
Ich montierte einen Tag
Der kein Morgen brauchte,
Ich war nie ein Land und
Ich war nie ein Wir.

Nichts war zu deuten,
Als ich meinen Namen an einer Wand las
Ohne die Herkunft der Schrift zu erkennen.
Eine nette Frau gab mir eine Beruhigungsspritze,
Trotzdem konnte ich mich nicht

An die Namen der Flugzeuge erinnern
Und ich wußte nicht
Ob ich von einer Tanzfläche
Oder einem Fußballfeld geträumt hatte
Und ob ich nicht schon zuviel gesagt hatte
In der kurzen Zeit.

Nichts war zu deuten.
Jemand nahm das Blatt vom Mund
Und ich sah die Haare auf seinen Zähnen.
Durch das Loch im Bahnhofsdach
Hatte der grüne Himmel die Form eines Dampfers.
Er hing über der S-Bahn-Linie
Im Niemandsland und
Die Zeichen
Regelten den Verkehr nicht.

papi immer die

die anderen lügen
wie gedruckt
ältere biertrinkende kinder

sie sagen *hohlkreuz*
sie sagen *heute habe ich mein geburtsdatum auswendig gelernt*
sie sagen *regatta*
sie lungern und lügen
geduckt wie gedruckt
auf den spielplätzen der vorstadt
dreht sich das partnerkarussell
sie rufen *mamsell mamsell*
          du sollst meine liebste sein
          egal ob frau egal ob schwein
          liebste sein liebste sein
          raus und rein
          jein
dann lungern sie wieder
dann sagen sie wieder *hohlkreuz*
dann sagen sie *um fünf muß ich oben sein*
dann sagen sie *hakenkreuz*

dann gehen sie hoch
dann sehen sie fern
dann sehen sie ganz fern
aus

ältere biertrinkende kinder
wie gedruckt
die anderen lügen
papi immer die

Eigentlich müßte ich meine Freunde nach der Zeit fragen

Was haben die mir zu sagen denn
Das sind meine Freunde
Im ganzen Zimmer verteilt
Die Nasen auf mich gerichtet
Mit feindlichen Augen meinen Augen
Die sagen ES IST ALLES GANZ EINFACH KLEINER
DU MUSST IMMER IM DUNKEL DAS
SCHLÜSSELLOCH FINDEN DIE BREITEN
SCHULTERN DES WÄCHTERS BEACHTEN DER
FRAGT WER BIST DU WAS HAST DU HIER
ZU SUCHEN IN DEINER EINRAUMWOHNUNG
AUSSER DIR UND DEINEN FRAGEN DEINEN FEINDEN
MIT DEN AUGEN DER FREUNDE IN DER NACHT
Die großen Brüder hinter den Spiegeln
Erkennen das Zucken in meiner Pupille
Während ich im Kino auf King Kong warte
In der Hand die weiße Frau die ich an einer
Schießbude erschoß und neben die ausländischen
Kaugummis unter den Sitz klebe kurz bevor der Film
Beginnt ein großer Spiegel hinter dem Vorhang
Die Stadt mein dein unser Gesicht der freundlichen
Feinde ES SIND DIE ALTEN WAISEN die eltern-
losen Altersheiminsassen am Rande des großen
Naturtheaters : des Landes : dieses kleine Stück
Zeitungspapier das sich so wichtig nimmt
Mein Wecker bleibt
Unaufgezogen und jedes zweite Wort ist
Eine Rechtfertigung eigentlich müßte ich
Meine Freunde nach der Zeit fragen
Meine Brüder im Spiegel erkennen

Meinen Feinden ins Auge sehen
Die Hand vorm Schlüsselloch die Freunde
Mit den Augen der Feinde die Brüder
Im Schafspelz jedoch es ist alles
Ganz einfach sagte man mir schon
Kurz nach der Geburt nur was habe ich dann
Hier zu suchen außer mir und gratis
Dazu die Vorhaltungen eines
Mannes in der Straßenbahn

Nachrichtenmagazin

1

es ist sieben uhr siebzehn
und ich denke
an deinen weißen hals
den fluß zur rechten
zur linken
ein papierschiff
auf offener straße
mitten im satz
und im grunde
sind es die trommeln
im fernsehgerät

über meiner hand
wo der himmel offen liegt
wie eine wunde
weiß ich
nichts vom zuviel
und zuwenig
über die ersten schritte
auf dem terrain
zwischen fenster und fenster
geschlossen
der mund einer frau
im schlaf
und im rücken
das klopfen der wände
der vorschein
stiller besucher
hinter den zeichen im regen

ich rauche
und brenne ein loch
an den rand der befunde
in den montag
durch die briefe der referenten
ein netz aus löchrigen bildern
später gerastert
auf dem fluchtweg
im zimmer
auf einem bahnhof
dein fuß
hinter plakaten

2
es ist sieben uhr neunzehn
und du siehst mich an
wie ein gesicht
das sich vom schädel ablöst
wie eine bildstörung
in den zwei minuten
der anderen strophe

IM SPIEGEL IST TOTSCHLAG / DER MÖRDER HEISST SCHLAF

AM HIMMEL SCHWEIGEN DIE SENDER

einen moment weiter
sprengst du dich in die luft
auf einem leeren tisch
oder einer geschäftsstraße
im berufsverkehr
es ist sieben uhr zwanzig

zwischen der stadtbahn
hast du mich
an die wand gestellt
mit dem genick
richtung abgrund
und abends
in dunklen kostümen
ein mundwerk

BASTIAN BÖTTCHER
Sushi

Sinnesscharfe Klingen splitten Sake Filet,
spalten Sashimi, schlitzen Surimi.
Blütenweißer Reis taucht in Kikkoman Soja.
Algen Lagen wickeln sich um Goodies à la California.
Makis drippen vom Dippen. – Nigiris suppen.
Wir nippen an Nippons Lippen bis tief in die Puppen.
Poppen flaschenweise Piper. Kippen Gläser aufm Teppich. –
Dann wieder StickyRice mit ChopSticks in kompakten Paketen.

Diesige Tage

An diesigen Tagen wie diesen sitzen wir immer in mei'm
Zimmer auf der Heizung. Ich les' Zeitung und Du schaust raus.
Soll'n wir in den Regen geh'n oder daheim bleiben
und ein geschmeidigen Reim auf die beschlagene

Scheibe schreiben und beschreiben, wie die nassen
Wassermassen ewig gegen Gehwegplatten prasseln, sich durch
Gassen ergießen und in den Gully fließen, während
wir im warmen Raum die kühlen Schauer genießen. Wir zer-

knautschen die Couchkissen, knicken die chiquen
Klappsofapolster ab und wir erquicken uns mit Schnickschnack. Am
Fenster perlen Tropfen ab, im Glas perlt der Sekt. Check das
Wetter draußen aus und du hast ruckzuck den Wetlook weg. Ein fetter

Westwind weht, doch weil wir wetterfest sind, geht uns das
nichts an. Es wird dunkel, mach kein Licht an. Wir
lauschen und berauschen uns an Regenrauschen da draußen.
Drinnen wird die Reise bald beginnen.

Weil wir noch
immer in mei'm Zimmer auf der Fensterbank sitzen, sehn wir ge-
legentlich Lichter in den Pfützen blitzen. Und Regen-
tropfen platschen wie ins Graniniglas rein. Sie bringen
Ringe und die breiten sich aus. Wie allein ein Ge-

fühl in Deinem Bauchbereich. Weich wie Regenwasser
streicht es weiter und draußen wird es rutschig. Wegen

regennasser Straßen und Wege wird das Bremsen ziemlich
schwierig. Halt mich an, halt Dich dicht an mich 'ran! Und dann ver-

lier' ich im Delirium das Gleichgewicht. Ich laß mich
fallen. Ich verlaß mich auf Dich. Auf Dein Gesicht fällt das
Licht der Laterne vor der Tür und Deine beiden
Beine, die berühr' ich aus Verseh'n. Ich kann nichts dafür. Na-

türlich setzen jetzt die geschmeidigen Geigen ein. Wir
schweigen, wir schweifen aus. Und die Kamera schweift
ab auf ein Motiv, tief in Dir drinnen und dann
sieht man nur noch Regenwasser rinnen.

Baden Baden

Beim Baden, inna Wanne voller Schaum und Emulsion
liegt versunken in Lösung und Illusion,
im Überfluß verschwommen ne Schönheit,
leicht verwöhnt und eingeweicht.
Ganz auf heißes Wasser eingelassen.
Reingelegt, ins Becken.
Der Hahn ist angemacht und läuft voll aufgedreht.
Es lecken die Dichtungen.
Tropfen perlen anner Leitung lang.
Die Oberflächenspannug platzt
auf Zungen und durch Reibung an
den Sinnen, die ihr über die Lippe komm.
Dann wird verkomm alles mit angehauchter Linse aufgenomm.
Und es zerfließen FliesenFugen in verwässerte Verfassung.

Geh'n wir! Teil 1

Wir sind ausgezogen, um neue Gebiete zu erkunden.
Inne Gegend, die wir beide noch nicht kenn. Und haben einen
reizvollen Fleck gefunden, zum Verlaufen wie Dein
Lidstrich im Regen! Und wir brennen aufs Auslaufen

ins offene Meer der Straßenzüge. Wir ham dichten Verkehr
Straßenbahn und S-Bahnzüge lassen Böden beben.
Sag dem öden Leben »Ade«, laß Dich gehen; –, ich
laß dich nicht gehen. Wir erleben abgefah'ne

Phänomene. Wir treiben uns rum, bummeln weiter und
erforschen unberührte Territorien und Zonen. Kein
zweiter is' so weit ich weiß bisher bis hier gekommen.
Die versteckten Regionen zu entdecken. Genau genommen

streichen wir auf ganz bestimmten Strecken an speziellen Ecken
langsam aneinander vorbei. Wir checken, dieser
Ausflug ist der Abflug! Das Ziel ist unbekannt!
Und wir machen den nächsten Schritt in unser Neuland

CHRISTOPH W. BAUER

die mobilität des wassers
müsste man mieten können
als verflüssigtes leben mit
wechselndem wohnsitz
die gestrandeten dörfer verlassen
und sich rauswälzen aufs meer
um wieder land zu sehen
wo die nacht alles gefunkel
an die fische verfüttert
denen man eine welt und
unentbehrlich ihrem wesen
ganz zu schweigen
von der aussicht abzudampfen
und wirklich aufzusteigen
himmelwärts

typischer fall von trugschluss *das wasser nämlich*
    ist nur selten auch flüssig spotten hydrologen doch
der laie erhebe die ausnahme eben zur norm um
    den meeren unter die wellen zu schauen
lad ich mir hohn auf die schultern und tauche ab
    in 250 meter tiefe wos licht jäh strauchelt
beim einlass in jene räume einer anderen zeit
    rechnung die fische sich im traum erfinden in
einskommaviermilliarden kubikkilometer nacht

aufgeschürft bis ins schauen an kantigen tagen
wie den geometrien strenger september über deren
klingen die sommer gehen dir die wege zurück ab
schneidend so klaftertief in die nachmittage hinein
wird ein geräusch zum chirurgen der ich bin
& ich war zusammen flickt lodern im aufbrüllen
von grillen in brand gesteckter büsche sardische
nächte aus dem zirpen der rohre hinter den wänden
wenn die frau von nebenan die klospülung zieht

plötzlich *blicke aufgegabelt im windschatten*
einer katze durch den morgen getragen
in radikalem grün das die strassenränder

schnitt und mich sekunden bildern einnähte
in exotisch funkelnden alphabeten
und anarchischen akkorden

über den asphalt hagelnden lichts preschte
ein märz in alle vokale und verhallte im echo
der reklametafeln stieg der tag in die schrift

ULJANA WOLF
herbstspiel

du kennst den scherz:
die blätter links
die äpfel rechts

dann muß den baum
einer umreisen
bis ihm der schmerz
im fuß die ankunft
nennt

du kennst den
fuß
du weißt wohin

dein eingekreistes herz
setzt rinde an

für karla reimert

reisende

wir erfinden uns
zwischen
den bahnhöfen

schotter
und halme

an den weichen
geschiente küsse

gegen das fortklopfen
der züge

für alexander konrad

krzyż polny*

der sommer kniet
am rand der felder

wer jünger ist als sein vater
wer älter ist als sein auto

fährt staub
um die feldkreuze

große wände stehn
überm weg der sommer hat

eine beifahrerin mit roten trägern
haar weht viele meter

länger als jedes bremsmanöver
steht ein gewölbe auf dem feldweg herr

in einer heissen
trockenen reifenspur

*Feldkreuz

nacht in f.

I
mädchen
deine kleider
fällst du
bei den dünen

den sand liegst du
brach
zwischen den zungen

und zwischen
deinen beinen
ankern
meermeter

II
le ciel
nur ein betrunkener
seemann
dem sie ein auge
ausgestochen haben

im anderen
die weiße perle

du schläfst
mit dem zyklopen

FRANZOBEL
Klagbaumgasse

Im tiefsten Wiener, wenn es schneit,
Eiszapfen von den Regenrinnen flennen
wenn Hunger es in den Mägen gärt
die Luft vor den Mündern in Scherben zerfällt.
Im tiefsten Wiener, wenn es klirrt
und alles Kälte von den Bäumen fällt,
die Straßenbahn schon nicht mehr fährt
die Kinder an der Schule verhungern.
Im tiefsten Wiener, wo es plärrt,
Wiener, tiefster Wiener,
und ringt nur noch um Luft,
um Wienerabende am Feuer.

Sintflut

Fleißig rudert das Volk durch die Nacht,
und rudert durch den Tag, frischgescheitelt,
mit Schlamm schon im Haar, bindet,
nein, haltet mich fest damit
all das Dunkle und das Tränensüße,
das man in Todesstunden lallt,
ich nicht brülle in Gesichter
beiderlei Geschlechts, nur Gaunersprache,
Wintergebirge, frische Scheitel überall,
die trocken reden Gewässer, trocken
reden die Keller, und Häupter der
Städte, all das Vergossene nicht,
und Seen, die Massen an Wasser, die
sehen den Schlamm und die Seen, die
Massen an Wasser, die nur darauf pochen:
Fleißig rudert das Volk durch die Nacht,
und rudert durch den Tag, frischgescheitelt.
Was stimmt.

Die Seiltänzerin

Babavkowa, die fliegenden Ohren versiegelt,
über dem Knie die würdige Spende
einer Narbe, und während sie schreitet
fällt schlafaushauchender Mohn ihr
aus dem Schritt. Babavkowa,
samt der Mitte die Wölbung, jeder
einzelne Wirbel wie ein Ruder
trippelt sie vorwärts im Früher-war-es
genauso, jetzt hat sie Schiß
und fächert Halt mit einem Blatt
man kann es, den Rücken geleckt,
anfassen nennen, wo zwei Falten
auf ihrer Stirn, bilden einen Wulst
breit wie das Seil, das sie
tausend Mal schon begangen, zehn Meter
hoch, ohne Netz, die vom Tod
schön gezeichnete Babavkowa.

Blunzengröstl

Blunzengröstl essen, Kistlbrunzen müssen,
Brunzengröstl essen, Blunzenkistl müssen,
Blunzen brunzen, Gröstlkistl essen müssen,
Brunzen blunzen, Kistl müssen Gröstl essen,
Blunzen essen, brunzen müssen, Köstl. Köstl.

ANJA NIODUSCHEWSKI

was ich ausgrub aus meinem mund

die ornamente in den winkeln
und gegessenes sagte und lust
auch in den schritt dir zu atmen
daß du wortlos dich bewegst wie ich
es nicht gesagt: mein wortfleisch
ich fordere / du meinst: gier dir
namen gibst für mich APPETIZER AND
geschichten für den nächsten gang
                                        mein wort!
wie frucht: sich noch zwängt in
die schmalen vokale satt / ja, oder
vornüber auf ein weißes tuch stürzt:
angerichtet

nächtliche interferenz

auch in lauten kostümen
nur das rauschen der hände
wie ein blindes kleid
oder getragnes verlangen
    als fortlaufender BIG BEAT:
in rot oder rapid eye
movement jede flucht
                                        von augen
blicken neben sich
aus der form in bewegtheit
vielleicht hertzfrequenzen
in überlagerung mit zeit
weiliger auslöschung auch
limbo zwischen platten /
tellern oder in-zwischen
echo einer letzten umdrehung
welches den körper auffängt
der aus dem RETREAT (langsam)
wieder in den raum ausläuft
wie sämige dosensuppe
im kopf abkühlt / chill out
mit dj mash oder hunger
danach haben / eben nicht
saturierter sex und keine
trennwände im gedankenklo
nur die nächste scheibe
wie zugefächert
von ventilierenden armen
                                        gezüchtet
aus der chemie der gemüter

als auswurf der glieder
nach einwurf OR TO INHALE
bis im rauschen auch das:
abklingt

palermo es gibt keine
bilder nur: das fallen
ins landekreuz eines
barocken hinterhofs
und das kollern der nüsse
auf dem bett durch den
abgedunkelten nachmittag
(kommen zum stillstand)
müde vielleicht
glauben sie
für balkone geschaffen
zu sein
            beschlafen sie früchte
mit leisem kichern
wölben sich um schlaffetzen

allein mit
der dämmerung
gesteht man / dass man
zikaden wohl geschwängert
wenn sie lasziv die fesseln rieben
– / ihnen die beine spreizte im schrei
und manche draufging – so – die letzte   dieser landschaft

STEFFEN JACOBS
Wie sie den Tag schiffbar machten

Die Tage werden täglich kleiner.
Vier Stunden Licht: Wo wäre einer,
der damit etwas anzufangen wüßte?
Ich weiß es nicht. An meines Morgens Küste
liegt schon der Abend steinwurfweit in Sicht,
dazwischen wabert graugescheckte Licht.
Der Tag läuft fort als trübes Rinnsal.
Sag bloß, dies Licht erscheint dir nicht fahl.
Ich jedenfalls erblicke weiter nichts
als dichte Bänke schlierig stumpfen Lichts.
Wir legen ab in einstmals heiterm Kahne,
und du sprichst aus, was ich erst zaghaft ahne:
Der Tag ist gar nicht wirklich klein.
Grau, schlierig, fahl und stumpf bin ich allein.

Bei Betrachtung des Haares

Ich habe
ein Haar von dir entdeckt, heute,
denk nur: ein Haar, nach Jahren,
in einer entlegenen Ecke des Bücherregals,
dort, wo du dich immer erwartungsvoll
über den Atlas beugtest, wie gestern,
auf der Suche nach neuen Lebenszielen
in anderweit entlegenen Ecken.

Da hatte ich es wieder,
das Zeug von neulich (als wäre es
morgen gewesen, erinnerte ich), Zeugnis
eines verlassenen Landstrichs (»Da sollen wir
wirklich hin?«) in einem fleckigen Buch (»Aber ja!«).

Ganz schwarz lag es da, das Haar,
lag lang und leis gelockt
in seinem Nest aus fusseligem Staub,
ein Teil deines weltweit bewährten Gefieders,
vom Kopfschmuck deiner stolzen Art ein Stück,
es lag ganz nah.

Ich habe das alles
gut in Erinnerung behalten (wohl bloß zwischendurch
zu erinnern vergessen): Hie Atlas, und wie er sich
jedesmal der Last deiner Erwartungen beugte,
daß alles freudig summte. Da ich.

Wie dumm, daß ich stur war, stumm blieb,
so stur, und brach. Da ging dann, was immer

gewesen war, auseinander, es zog –
dich deiner Wege, und mich? In meinen knirschend
verweilenden Korbstuhl, in meine windbewegte
Brache. Was hätte denn näher gelegen?

Sprechstück

Wo der Abend unmerklich
wie man so sagt ohne
Umschweife sagst du

in Nacht übergeht
ist meine Zeit
ist mein Ort. Dort

lebe ich einsam bei mir
sage ich und du sagst:
Ich bin auch noch da.

Festtagsgedicht

Tage gab es,
da setzte ich mich aus den morgens
herumliegenden Einzelteilen zusammen.

Als Bausteine galten
wohlgesonnene Wolken,
der rostige Pfosten vor meinem Fenster,

ein besonderer Wind in
besonders geformten Ästen.
Das Gewöhnliche gab mächtig an.

Mittags stand ich dann vollendet,
ein loser Bau von Tages Gnaden,
der Verkehrslärm brach sich in mir.

Oft hing ich mit der Sonne herum.
Abends saßen wir unter Bäumen
oder warfen Glanz über die Cafétische.

Dann war ich allein. Am nächsten Morgen
zog ein neuer Herrscher auf.
Wochen gab es, da war es so.

JAN VOLKER RÖHNERT

Das Mädchen hinter der Theke

möchte jetzt ganz woanders sein.
An einem späten italienischen Mittag, wie
diesem, wie man ihn kennt, mit viel

Pasta Pane & Parlare, kommt
höchstens einer, bestellt *Un*
Capuccino! und sie dreht sich und

sie dreht die Kaffeemaschine und
serviert dir die Tasse: Dampf
& Schaumberg, den du erst mal

mit dem Löffel abbaun mußt.
Ciao!, Arrivederci!, Reflexe, Kassen
Bons, wechseln die Worte

wie draußen das Knattern der Motorinos
mit dem Rot der Ampeln wechselt und
vorübergeht. Männer gehen vorüber,

geöffneter Hemdkragen, durch die
geöffnete Tür fliegen ihre Blicke
den Typen nach, an diesem heißen Tag:

Keiner (und sie lächelt schon) der
Orangensaft jetzt haben will, keiner
der endlich sagt, *komm Baby, das*

Meer ist fünf Minuten weit.

(Genua, Juni 1998)

Abendgerüst Nr. 2

Der Abend ist derselbe, Smog &
mit dem blauen Plasteimer
den ich heut morgen im Haus
Flur ließ und jetzt nach oben

trage, die Gedanken wären
nicht denkbar ohne die Novelle,
1835, die ich im Bibliotheksregal
vergaß ohne daß ich sie ausgelesen

hätte, *Ludwig Tieck*, ich wollte
dieser Abend wäre so blau wie
ein Vergißmeinnicht oder gelb wie
Himmelsschlüssel oder was es sonst

an Namen gibt, die ich vergaß,
weil ich sie nie kannte, gerade noch
kann ich mich an die Bedeutung
des Wortes *blau* im Englischen

erinnern, aber blaue Augen habe
ich nicht, nicht einmal eine
Nachbarin auf die das Lied *blass-
blaue Augen* paßt, eine blaue Fußnote &

ein himmelblaues Kleid habe ich schon
lange nicht gesehen, denke ich
und jeden Abend dasselbe, Käse
mit Blauschimmel, im Radio

die dämlichen blauen Versager
Melodien, Blausäure ist
kein Gedanke, sondern eine
Substanz, denke ich, während

in der Küche sich der blaue
Plasteimer wieder füllen wird.

Trompe l'œil

Auf den Plakatwänden des Untergrunds
grinsen die Götter dir entgegen. Du
läßt sie dort zurück, als du nach oben
in den Luftschacht steigst. Dieser Fluß, Ezra,
klingt nur noch nach Museum, Krieg
und Elend. Das Entsetzen der Situationen,
gehst du ihm nach, Gesprächsfetzen, an-
einandergeflickt, das Laub, das anfliegt, eine
welke Rebellion, die Panik als Dauer-
Bestseller, wo die Zitate der Dichter, enteignet,
in den Drogerien lungern. *Hier in Mexiko
leben wir vom Müll.* Jemand wirft
seine alte Hautfarbe weg, die schwarze Wut
glänzend weiß geschrubbt. Die Gefühle
gehen hausieren, frierende Lust! Die Elfen
im blauen Loch des Mittags haben
Schiffbruch erlitten, vom Klärschlamm der
Vorhaben geschluckt. So, wie du jetzt
läufst, bist du die Bestätigung der eigenen
Empirie, nichts weiter. Die Psychologie der
Stunde, ein Parfüm, das ihnen den Zustand
gesteigerter Blindheit verschafft. Das Auge
schließt sich. Du stehst vor einer Fassade,
die mit einemmal zusammenbricht.

Take this longing, Leonard

Cohen: Morgens öffnest du die Fenster, es ist
schon dunkel. In der Nacht fiel dir die gestrauchelte
Schönheit deines Lebens ein, in der Nacht
konntest du nicht schlafen. Das ist für dich, schlaksiges
Mädchen, das mich anstarrte, ein August Morgen
als ich in der Bibliothek ein ähnlich langes Gedicht
schrieb. Ich schickte es jemandem, von dem ich keine
Antwort erhielt. Take this longing,
Mädchen hinter der Kasse, irgendwo muß ich die Brötchen
für diesen Morgen her kriegen!
Konversationen aus Frankenstein, stehen hinter dir
nicht immer, die dir ihren Schnapsatem, wie eine fremde
Furcht, in den Nacken jagen? Oder ist das zu gewöhnlich
hier aufgeschrieben zu werden, ich frage lieber
Wo steigst du an diesem Morgen um, Nadine? Take
this longing, Guillaume Apollinaire, bei der Nachtwäsche
in der Damenabteilung, mit der Platzwunde am Kopf
um elf Uhr früh, für das Land, durch das ich gerade
mit dem geborgten klappernden Fahrrad stolpere, die
niedrigen kaputten Palmenwedel, um diese Zeit
führen sie die Hunde pissen, ein Hunde Land?
In der Mitte von welchem Irgendwo bin ich,
verwegener Blaise Cendrars? Fest steht, hier
sind die Verkehrsregeln wichtiger zum Leben
als ein Gedicht. Dann das Baguette aus packen, die
Milch zum Kühlschrank, ist fast die ganze Geschichte
dieses gewöhnlichen Morgens. Der Rest ist nicht zu fassen,
nur manchmal kriegst du ihn zu lesen.
Take this longing, Theo, hier wie irgendwo, die Poesie,
immer, ist irgendwie unterwegs. Was ankommt

sind die Rechnungen für Licht & Wasser, aber
drehst du die Birne rein, tatsächlich,
geht die Sonne auf
über diesem Blatt

(Hyères, November 2000)

THILO SCHMID
Kondensstreifen am Himmel

Nicht damit auch die engel
auf den strich gehen können
wie der lastwagenfahrer sagt

sondern um gott einen strich
durch die rechnung zu machen

den bruch
himmel durch erde

nicht aufgehen lassen.

Gefrorener see

Im winter vom see
das zufrieren lernen:

an der oberfläche den grund beschützen
mit einem spiegel.

Frankfurt an der oder was

In der müllhalde neuberesinchen verpufft die einheit
und die wärme setzt sich in den westen ab

(wenn man ganz still ist
hört man manchmal die ratten lachen)

über der tankstelle im mühlenweg
lauert ein orangener tiger auf überlebende

an einer pommesbude stehen die hoffnung und das glück
und singen betrunken »hurra wir leben noch«

(die brücke nimmt einen schluck wodka
und kotzt rote fahnen)

da zieht der fluß seinen hals aus der schlinge
und geht über die autobahn fort
richtung berlin

und hinter den vergessenen häusern
erschießt ein dreizehnjähriger einen hellblauen trabbi
zählt rückwärts bis 89
und lacht.

Überlandleitung

Über den feldern aufgespannt
als gelte es
das wunde land zu vernähen

den gefiederten noten
eine partitur abzubitten

bevor der winter wiederkommt
und mit den ersten schüssen

die hymne auffliegt.

DANIELA SEEL
das verlangen einen kirschkern gespuckt zu haben

die idee eines risses
vor dem riss
eines sprunges
vor dem sprung

auf der sezierscheibe
eines mikroskops

in welchem takt zählt
ein atmen
die quanten
hinter den bruchstrichen
ab

stromschläge
hinter deinem
porzellangesicht

dieser wunsch
einen kirschkern
gespuckt
zu haben

in dem augenblick
wenn du
von innen
zerspringst
will ich
im fokus
der linse sein

einem schlaf entfallen
ein haus und wir.
nichts vergeben, nichts bleibt
ohne antwort.

ein erschüttern
an zimmer und tisch.

eins ist durchstoßen,
und zwei gehen
aneinander wahr.

ein salz für das erschöpfte,
das schweigen. nichts vergebliches
an uns. ein himmel
ohne gleichen.

kälte,
komm.

die häuser voll schlaf.
genug

für das auswaschen
der augen.

ausgelegt ist die haut ein reißen. das gesicht
ohne gesichtszüge, das abgetrennte

gesicht sieht auf mich. unter der bauchdecke, am boden
des teebechers, im gesicht des geliebten wartet es

mir auf. bist du bereit?
puppe mit gläsernem unterleib, vorm einschlafen

die anästhesistenhände rufen. sie geben uns
noch stunden. wenn ich den zellfleck

nicht halten kann, wenn der blutsturz
ausbleibt. der stuhl klappt nach hinten

und jemand fällt. der mund des geliebten
sagt: wir sind schatten

im rücken des vollkommenen. das zimmer liegt bestäubt
sind das wolken?

ein flackern aus nähe, verzahnung. die sachliche bewegung
des metallstabs zwischen den beinen, das knistern

der kontaktcreme zwischen gummiüberzug und haut
die sich einnistet, dort, wo ich nicht waschen kann

eine letzte sichtbarmachung: die roten und blauen ströme
suchen den pumpknoten

vergebens, dein verworfenes herz
was sich bewegt auf dem bildschirm ist nichts

als meine angst. fliehendes weiß
temperaturkontrolle, eine spritze gegen das aufreißen

der druckstellen. über den gehöften der betten die notsignale
funkeln, ungerührt vor dem ersten wimmern

hier ist das schleifen der körper

wenn der puls hinüberwächst
in die ordnung der apparatewelt

der morgen mit dem blutaufguss
mit dem finger am mund, spatelspur
ins vernähte, im auftrag der brennenden stirn
mit dem würgen im schoß, aufruhr
der noch-nicht-stimme

wenn das wehen beginnt, wenn die taubheit
beginnt, wenn das gestöhn beginnt, wenn
der eingelassene schmerz aufheult
und herauswill

wer wird das gesicht umwenden, die bauchdecke
umwenden, den teebecher umwälzen, das gesicht
des geliebten umwälzen?

wenn das keuchen beginnt, wenn das gleißen
beginnt, hingestreckt unter das scharfe licht
in der taubheit aus brennen, wenn die lähmung
einsetzt, wenn das senken einsetzt, das antreiben
der instrumente

wenn die befragung eindringt, wenn das schaben
eindringt, wenn der aufgelassene schoß
aufheult, in der stummheit aus betäubung
in der ruhe aus überanspruchung, wenn die stimme
ausbleibt, im geknirsch der knochen, wenn das wehen
anschwillt und mich ausfüllt und fortreißt

und das geschöpf, das ich ist
und nicht ich, wälzt sich
und rennt gegen die festung
der unversehrten gliedmaße
doch wo halt war, ist reißen
wo herberge war, wohnt schmerz
und das geschöpf, das ich war
und nicht ich, verliert sich
vor dem geknirsch der knochen

wenn die zeit aussetzt und zerreißt und zurückspült
und mich teilt, wenn das licht hochschnellt
und mich durchstößt in der beschleunigten
endlichkeit, wenn die umarmung aufbricht
und mich aufhebt

bis der bildschirm ruhig bleibt
bis der bildschirm nichts zeigt
als regen in einer fremden stadt

später hunger, wachen
einige sprünge

wann hört das auf?
wann hört das auf?

der mund des geliebten sagt: das leuchten
übersteigt uns und meint: du wirst fortgehen

ausgelegt ist die haut ein reißen. dein gesicht
ohne gesichtszüge, dein unbestattetes

gesicht sieht auf mich. wolke
ans firmament begnadigt, streifst du
die sterbliche liebe

das leuchten der letzten dinge trat ein
als etwas, das leicht war

mühelos
nimmt der fluss
die aufgerissenen farben des himmels
auf sich, die unverständliche linie,
die strömung und ufer
einander entgrenzt

narren, mit dem leisen glück
der besiegten
setzt kurs

wer jetzt, im rücken des horizonts,
auf die losung vertraut,
soll gerettet sein

was fremde war, was brot,
was endet

im unversöhnten
trägt die welt
sich fort

weite bin ich, das land,
lachender riese,
zieht mir die grenze ein

BJÖRN KUHLIGK
Was du brauchst

Du brauchst eine Küste, die Wellen
die anschlagen, du brauchst ein Feld
eine Fläche, die vom Wind
gezeichnet, du brauchst zwei, drei
Wege, die du gehen kannst, zwei
Richtungen, ein Haus, das ist alles

Die sieben Geliebten

Die erste liegt
mir auf dem Schoß
vor blutigen Tagen

die zweite geht mir
stotternd aus dem Sinn
und bündelt die Jahre

die dritte ist ein Garten
entzündet von Vogelschreien

die vierte gibt es nicht

die fünfte sagt Liebe
und ich glaube es nicht

die sechste trägt
Kußkantaten auf der Brust

die siebte geht
und zerstört die Woche

Berliner Blockade

(für Tom Schulz)

Hier steht immer ein Trinker
am Glücksspielautomaten
wenn ich nachts
in der letzten S-Bahn
durch die Stadt gezogen werde
und nach einem brauchbaren Entwurf
für Kinder und das Leben danach suche

laß besser im Tiefkühlfach die Biere explodieren
wenn du den Bezirken zusiehst
wie sie wachsen, verkommt auch der Wodka
weißt du, die Straßen, sie kommen
alle aus dem selben Mutterleib
aus einem Sonntag-Nachmittag-Spielfilm
und drüber dieser Richard Wagner-Himmel
in den ich alles zu sagen weiß
wenn ich die Hände an der Haut
der Liebe hab / es gibt hier
keine Küstenstraßen

Der Stoff, aus dem die Welt
war meistens gleich / die Objekte
können sich nicht sehn

die Ich-Funktion ist einkaufen gegangen
darüber ein toter Himmel, der auf der Breitbildfront
als Hochglanzkopie die Ozeane darstellt

die Kontinente sind ein abgelaufnes Video
das den Player überhitzte und die Augen
derer, die zum Essen kamen, waren satt

im Beginn der Technologie-Diskurse
stand die Belegschaft eines Fuhrparks
vor dem Stempelautomaten und lachte

daß die Zukunft uns brauchen würde
war ein landesübergreifender Witz, in dem die ersten
den dritten das Bewußtsein runterfahren

am Ende der persönlichen Computer steht
der zentrale Zentralcomputer und löscht
die brennenden Mönche der Vorzeit

die Menschenrechtsverletzungen, was war
das für ein wunderbarer Terminus
der sich medial nie überzeugend darzustellen wußte

komm an die Luft und laß uns bummeln
gehn im Weltlokal

ARNE RAUTENBERG
Haikukränzchen im Café Kranzler

Hier sitz ich halt rum
Quäl mich mit meinen Versen
Überm Schuttkuchen.

Überm Schuttkuchen
Zähl ich fünffingrig Silben
Und trinke Moët.

Und trinke Moët.
Als gäbe es Besseres
Als Moëttrinken.

Hier sitz ich halt rum
Überm Schuttkuchen *(Mein Gott!!)*
Und trinke Moët.

lamps

sacrifice (das opfer): sie
zeigt ihm in der küche
die kalte schulter

truth (das material): sie
ist aus fleisch und blut wie
fleisch aus fleisch und blut ist

power (das verhältnis): sie
ist mehr als ein stück fleisch
und er weiß das

beauty (die schönheit): sie
ist alt genug und
sie weiß das

life (die nutzbarkeit): sie
nimmt sich was sie braucht z.zt.
ernährt sie sich vegetarisch

memory (die rückblende): sie
sieht sich jeden tag im spiegel
ihn sieht sie zum ersten mal

obedience (die gehorsamkeit): sie
denkt an morgen er nimmt sich
eine frikadelle und geht

die kugel
stoßen die die welt
aus angeln hebt ein lid das
linke auge sieht was das rechte
auge sieht dasselbe bild verschoben
um die nasenspitz das linke bild
vom linken aug das rechte bild vom
rechten aug ein gleichnis das
bekreuzt vom hirn belichtet sich
halbiert so wird aus zwei bild
eins so wird aus doppelt
halb so sehn wir in
den raum

so sehn
wir in den raum so
wird aus doppelt halb so
wird aus zwei bild eins ein
gleichnis das bekreuzt vom hirn
belichtet sich halbiert das linke bild
vom linken aug das rechte bild vom
rechten aug dasselbe bild verschoben
um die nasenspitz das linke auge
sieht was das rechte auge sieht
ein lid die kugel stoßen
die die welt aus
angeln hebt

verlangsamt in den Kieler Winter

Vorn auf der Holzbrücke
winkt eine Fahne schnell
und unkontrolliert dem Wind nach
Über den Kai hinweg
gibt ein einsamer Bootsmast
den Takt des Meeres an
Auf der anderen Seite der Förde
bewegen sich die Kräne der Werft
langsamer als meine Zeit vergeht

TANJA DÜCKERS
Kreidebilder

In einer Hand ein Holzbrett,
bemalt mit bunter Kreide,
die das Wasser wieder abwaschen wird.
Auf dem Kopf als Sonnenschutz
die Landkarte von Sizilien, den Schnee
vom Ätna an der Stirn.

Wir warten auf ein Schiff oder
den Regen oder die Sonne oder
auf unser Essen.
Ich halte meine Gedanken nicht
zusammen, wenn ich auf das Meer schaue.
Ich klebe falsche Briefmarken
auf die Urlaubskarten, verliere meine Uhr,
liebe Dich länger als sonst.

Du malst mit Kreiden auf Holzstücke,
die Du findest,
bis das Essen kommt oder der Regen oder
das Schiff,
und wirfst sie dann ins Meer.

Barrio Gotico

In der römischen Stadt leben wir
mit geradem Rücken
bis über den Bauchnabel reichen die Schatten
das Kinn ragt ins Licht
wir wollen uns nicht ändern wir schimpfen
über alles und nichts
tunken unsere Füße ins Wasser
das immer zwischen uns sein wird
das Wasser auf dem wir unsere Schiffe
aussetzten wie Käfer
mit dem wir unsere Stirnen kühlen
das uns doch
hinter dem Rücken die Mauern zerfrißt
Die Hände mit denen wir die Luft zerschneiden
am Abend schlaff in Weihwasser getunkt
unsere Worte die immergleiche Sprache
Haus Stadt Mauer
Mann Frau Tod
unsere Hände aus Stein für immer
starren wir uns an
die Erregung noch in den geglätteten Wangen
wenn wir unsere Torsi
einmal um sich selbst
drehen und drehen

Leise rinnt der Sand zwischen die Finger
der Schmerz war im Stein gebannt

Die Beunruhigten

Wenn ich Radio höre
wird mein Auto zur zweiten
Wohnung zweiten Haut wie Du
mich umgeben hast
Zwei Boxen links und rechts
sind die einzigen Stöpsel zur Außenwelt
Der Song läuft zu
schnell in meinem Kopf
Eine Langspielplatte die auf 45
Kinder zwischen den Laternen
auf Roller Skates
schlürfen Milchshakes
schrille Stimmchen
sprachen immer schneller
als ich in der Kurve vom Dreirad flog
In meinem Kopf
dreht sich
ein Reifen so schwer
wie der Schatten einer De Chirico Uhr
und das Geräusch das er macht
wenn er Körper unter sich zerquetscht
ähnelt den Geräuschen die wir gemacht haben
als wir uns liebten

Eine Strasse

Als ich noch klein war
hatte ich Angst die Straße zu überqueren
Ich hatte auch Angst vor Ameisen
und Schnecken

Nun sammle ich Krokodile
trage Lederklamotten
meine Pfennigabsätze berühren kaum noch
den Boden

Jetzt stehe ich wieder auf der gleichen Straße
ich habe mich verlaufen
meine Uhr ist vor einigen Jahren stehengeblieben
ich klammere mich nur noch an meine Initialen

Unschlüssig stehe ich herum
und verbringe meine Zeit damit
Ameisen und Schnecken zu zertreten

In meinen Händen halte ich diesen komischen roten Hut
den ich schon habe seit ich sieben bin
Meine Hände wandern auf meinem Hut
wie auf einem Globus
während ich die Namen alter Freunde
aufzähle wie fremde Städte

Und die Straße läßt mich hier stehen und
geht weiter und weiter eine endlose
Wiederholung des Abschieds

DIRK VON PETERSDORFF

Am Grund der Diskurse ein Fisch, ein
Fisch, der nicht zu fassen ist, es ist
ein Fisch, am Grund der Diskurse
schwimmt ein Fisch, nicht zu fassen,
am Grund ein Fisch, der schwimmt, am
Grund der Diskurse schwimmt ein Fisch,
ein Fisch, der nicht zu fassen ist.

Leipziger Wandteppich

Was gestern war,
wird heute abgewickelt

Oben die Engel mit den Posaunen
und den Raum-Zeit-Staubsaugern.
Unten ist Connewitz – Apokalypse
der Immobilien: Hinterhöfe,
radlose Trabis darin, magere
Katzen. Ziegel zerrissen wie Brot.

Die Männer sind Germanisten,
kantiger Haarschnitt, Brecht-Ecken,
ihre Augen: hohl, Gespenster-
Germanisten, aus den Büchern,
die sie halten, rieselt Staub,
bedeckt die Füße. Sie versinken.

Dort die Frauengestalt: Archäologie-
studentin, Ägyptologin, Marmor-
stirn, von keiner Hand geformt –
und jetzt auf
Messen in Leipzig
die Standmaus, Elfenbeinfinger
auf einem IBM-Gehäuse, weh!

Weh, Fortuna geht barfuß einher,
ihr T-Shirt: *Born in the GDR!*
Verstreut im Bild: *Reudnitzer*-Flaschen.
An den Rändern wächst Kraut aus
den Höfen, verschlingt sich, umrankt
das Theater. Arabesken, bodenlos.

(Zu sehn in einem Hinterhof in Connewitz)

Tablette im Wasserglas

Sie sinkt und perlt, von Blasen ganz
besetzt und sprudelt stark, bewegt
das Wasser, schäumend weiß, ein Tanz –
bis sie zerfällt, der Sturm sich legt.

Chemie, die jeder kennt:
Das Wasser ist die Welt,
die Tablette aber nennt,
wie es euch gefällt.

Die Zukunft beginnt

wie auf Raffaels *Madonna*:
Am unteren Bildrand lehnen
die Engel – nächste Generation.
Die müssen fast gähnen,

der Zauber ist alt,
ein Lächeln wächst
auf den Lippen, und bald –
was wissen die Engel?

Den Kopf in der Hand,
schon nicht mehr ganz da
am unteren Rand
ein trostreiches Paar.

FLORIAN VOSS

Zwischen dem Taktschlag

Strahlende Nächte
aufgereiht an den Straßen
Rück/Spiegelbilder
in der Stille zwischen
dem Taktschlag des Metrums

Die Benzintiere schlafen
Die Nächte verblenden

Das Kopfarchiv staublichtig
die Seiten geschwärzt
von Kante zu Kante
(Und sind die schwarzen Zeichen
nicht ein Zensorenstrich für sich?)

(Ich schreibe schon in fremden Büchern)

(Durchhängend die Blätter
Last der Druckschwärze
Schwarzer Schnee)

(Auf den Straßen
durchgeschmorte Negative
in industriellen Projektoren)

Kammermusik

Ein geisterhaftes Spiel
sich in die Asche zu rieseln
An den letzten Funken
ein anderes Selbst erwärmen
Im Genick eine Unsichtbarkeit
den Hahn zwischen die Zeiten gespannt
Rost in der Haut
Jede Pore eine Kammer
In jeder Pore eine Kugel
In jeder Kammer Dunkelheit

In der Rückkopplung des Erlöschens
(Am Ende des Farbfilms
Am Ende der Stereomusik)
–: Ein Dopplereffekt des Ichs
Gezurrt das Geschirr
zwischen mich / zwischen mir
und dem auswändigen Ich
–: Zerbrochen die Wände der Worte
Hohlkörper ohne Klang
–: Zerbrochen bis auf die Fundamente

O.T.

Mein Geburtshaus ist entkernt
Ich spreche keinen Dialekt

Zuhause bin ich ausgezogen
Nach Hause kehr ich wieder ein

Das Mädchen und die Mutter
mit einem dunklen Blumenstrauß

Im Zug lehnt ich mich aus dem Fenster
und habe von der Luft gegessen

Sie war so kühl und bitter
Sie schmeckte mir nach Rauch

Requiem für Gerald Pöhls

Im Schlagschatten der Bilder
auf dem schimmernden Fernsehglas
Das Sekundenglas in deiner Hand
gefüllt mit Waschbenzin
zur Desinfektion der Eingeweide

Und die kreischenden Stimmen
aus den Stereogittern
sind dir letzte Ölung
für den ausgeglänzten Blick

KNUT GERWERS

status 14.01.02; 9:00

irre sein
normal
taeuschend [+] echt
+ sich fragen
wie es ist
wahnsinnig zu sein
einzutauchen
in ein glas voll wasser
+ zu verschwinden
|
[normal ist
das datum druntersetzen
+ weiterschreiben]

morgenfilm

im schnee der
begann mit dem tarkovskij film
als auf meinem bildschirm
in der ersten scherbe des SPIEGELS
der stotterer seine sprache aus
den versteinerten haenden herausbrach
da verschwand die stadt
hinterm fallenden weiss
schrumpfte zusammen
auf die hausgraue wand vor mir
ein dorf eine zelle
unterm hofloch
himmelsgross
klein genug nur
fuer eine antenne voll voegel
auf verstoertem hungrigem irrflug
das feuer im fernsehen
der schnee vor dem fenster
etwas das geht
durch die zeit
und den raum
und durch mich
hindurch auch
in einem schritt nur
3 behauptungen verweht
leer haengen die flaggen
in den raeumen der mutmassungen
bezeichnet von keinem luftzug
ich will nicht
nein
ich will ihm
keinen namen geben

eine lunge voll text

1 atemzug rauch befreit mich von ihm
aufatmend das gefuehl von ersparnis
ausatmend die frage wozu auch
die penetranz des entlohnt und belohnt sein wollens
hinterhaeltig wie hoffnung
wie dieser atem
nicht abstellbar

gute nacht geschichte

[fuer B.]

einschlafen
sterben +
neben dir aufwachen
mein vom tag schon belichtetes
morgengebet
mein notwendiger
aus not sich
gegen mich wendender
ueberlebenskitsch
|
was sollte ich tun
den ganzen tag
[+ die ewigkeit
                danach]
in deinem sarg
mit deinen knochen

JÖRG SCHIEKE

Die große schrift eines schwierigen schülers

Immer am samstag
zeichnen wir abends die berge Frau radbach
erlaubt uns

sogar zu radieren Wir dürfen
auch singen
im hof oder
erröten Nur das geschirr

mit aufs zimmer
                    nehmen dürfen wir nicht Liebe mamá
ich bekomme jetzt
tabletten zum lutschen nicht mehr
                                        die zum schlucken So ist

alles viel schöner Ich freue
mich schon
auf den samstag, da zeichnen wir wieder
                                             Die Berge

soldaten

wo der eins/dreiundzwanziger feldweg
in eine schneewehe mündet
– da legen wir den bunker
vor anker. schlafen

bis in die puppen, hinterher skat;
schwierig, wir spielen
ein zusammengeschustertes blatt
aus deutschen luschen & französ.

bube, dame und könig. in der kälte
die sachen zu waschen heißt aber auch
sie unter schmerzen
wieder trocken werden zu lassen, nachts

überm auspuffrohr
im akkord oder auf dem warmen
zuckenden bauch & seinem
von allen guten geistern

verlassenen & allen erbeuteten krankheiten
still in die mangel
genommenen nachbarbauch.

schadenzauber

die rosen
zitieren die adern die adern
wechseln das gleis (müllerin

art), das muß
gefeiert werden wie
du deinen arm
entblößt & später wieder mehr
bekleidest das muß, es darf

gesungen werden

und getanzt
(mach das mit ihm aus) wie
man die fässer
auf dem floß verstaut

kapiert? das muß
gefeiert werden, reisende, wie du
als letzte

aus dem wagen
steigst (siebzehn

und vier) & später nichts
genaues weißt das muß
beglichen werden du, das muß
so sein.

guten morgen, du schöner.

statt der wege & adressen & bilder
statt der versprechen & tänze & namen nun-
mehr ein hinterhof-
ultimatum statt der vom mondlicht

akzentuierten ruinen die
auf den kopf
zu gesagten beweise (»du hast dich
                                        verändert«) statt caterin

einmal wieder tereza oder
liane statt vorhang auf
vorhang zu & statt einer
antwort nur das stete wiederholen der frage.

KERSTEN FLENTER

Ich sah einen bösen Mond aufgehn

Der Mond steht zwei Finger breit
Über dem Neonflimmern der elektronischen Cafés
Myriaden von Sichelmonden tröpfeln
Auf meine Windschutzscheibe
Ich habe den Kofferraum voller Ismen
Eine heiße Fracht
Quer durch die Nacht
In die reicheren Stadtviertel
Wo die arbeitslosen Männer
Babys aus Kinderwagen stehlen
Und sich vor den Bauch binden
Um sich als Hausmann zu tarnen
Im Radio Deutschlandfunk
Was sonst
Sie spielen seit vier Stunden
Das Zwitschern einer Amsel von CD ROM
Ich stoppe unter den Feuerwerken
(Es ist der dritte Oktober)
Vor einer dieser finsteren
Fischerkugelspelunken
Um den harten Männern einen Ismus anzudrehn
Setze die Sonnenbrille auf
Und trete ein
Der Wirt sieht sofort worum
Es geht und springt aus der Chatline
Küsst mir den Stiefel und wispert
Alter ich kann dir das alles erklären
Es ist genauso wie du denkst
Und ich asche auf sein schütteres Haupthaar
Erklimme den ersten Barhocker

Und geselle mich zu einem Schlipsträger
Der aussieht als ob er dringend
Noch einen Ismus braucht
Denn was nicht tötet härtet ab
Und ist erlaubt
Und greift sich einen frischen Sadismus
Dazu einen langhaltbaren Ichkannichtsdafürismus
Und als Dessert einen Gratispauschaltourismus
Weil jeder Einzelne doch eine Insel ist
Im Flackern der elektronischen Cafés
Und er bezahlt mich mit Weißen Russen
Frühmorgens kommt dann
Die Seele endlich in Schweiß
Ich lotse meine restlichen kleinen Begleiter
Zurück in den Koffer
Starte den Motor
Fädele sicher in frühen Verkehr ein
An den Tankstellen versammeln sich
Schon die ersten Bullenwagen
Um auf die deutschen Autodiebe zu warten
Denn es ist Samstagmorgen
Da müssen sie Autowaschen
Die Nacht geht zur Neige im braunen Land
Die Feuerwerke sind verstummt
Und die Vorstadtratten kriechen aus ihren Löchern
Hacken ihre Logik in mein Hirn
Sichern sich die Tickets für die Arche
Im Land wo der Regen brennt
Ein Tropfen fällt auf meine Stirn
Mitten in die Schönheit
Des erschöpften Schlafs

Anfangen (Aufzuhören)

– für U. –

Wir verbringen schon lange
Zeit
Miteinander reden
Sitzen im Café
Oder vögeln
Dann eines Abends
Danach
Bemerke ich
Deine Zahnbürste in meinem Bad
Und als ich zurück zu dir
Unter die Decke krieche
Fragst du worauf
Es mir ankäme
In einer *Beziehung* –
Zu Hause fühlen können
Antworte ich
Wo ist Zuhause?
Willst du wissen
Dort
Wo ich mich nicht erklären muss
Sage ich und
Rücke ein Stück von dir weg

Ich lebe in Deutschland

Ich lebe in Deutschland aber
Viele sagen ich sehe jünger aus
Mit der Ruhe einer Vogelscheuche
Stehe ich hier und seh meinem Leben
Von außen zu
Vergiss die Nummer mit der Seele Mann
Oder dem Geisteszustand
Es ist etwas Organisches –
In der Gebärmutter bekommst du
Herz Lungen Augen Arme
Und später wachsen Angst Enttäuschung
Und Schwermut nach
Und immer noch heißt es
Wohin gehen im Angesicht
Dreier Brandenburger Scheitel
Wohin sehen wenn sich
Eisschranktüren hinter Kindern
Schließen nimm den Grund
Warum du hier bist
Und subtrahiere ihn von dem was du siehst
Und wenn du feststellst
Dass es deine eigenen Füße sind
Die in diesen Schuhen stehen
Sag ihnen sie können gehen

Friss dieses Land (Reprise)

Es steht nicht schlecht jetzt
Im Alltag überm Untergrund
Selbst ein Schuldner der vor Knochenbrechern flieht
Hat eine theoretische Chance
Komm und friß dieses Land wo du rennst
Und stolperst Leben ist überall
Die Gläubiger regeln das
Schon unter sich
Unten im Nachkriegshotel mein Herz
Leben ist überall

ANJA UTLER

dann: auffalten, alles, dem hals und dem
dickicht ins: holz dringen, weiter, sich
abzweigen: finger, vom brustkorb, und
bloß gelegt, ordnen, die adern sich:
neu bahnen, werden zu: ausläufern
– folgen – sie zeigen auf: röhricht auf:
fasrig auf: ins gestrüpp münden – sickern –
den rippen nach, ästeln, dazwischen
– inmitten – erzeugt sich: der teich

will schon: du – treibst dich mir zu
willst zum abbruch hin, hänge, du
trägst mir den: schiefer ab, schürfst,
ihn vom: kopf weg, den schultern
in wurzelstock kehle geröll: trennst mich
machst – wie entzwei sein – die scharfen
konturen mir – fänge den wolfsrachen
fragen auch – werde ich? –
ich – schlag dich mir zu

balancen I

dann tropfen – entgegen –
die kiefer der teich: ihm die
hand in den: schlund stoßen
senken ja – sinken – und
wird er der: grund mir sein,
becken, das rinnsal ihm – treiben –
das: kinn richtung luft gedreht
spült er die nadeln sich
aus meinem mund

und endlich auch: atmen wollen, taun, wie der
see aus dem: schilf klaffen, triefen, die
kiefer das: kinn aus dem schlick scheiden,
trennen, und: abschenkeln, wieder die
lippen sich auf, aus dem rohr schneiden,
schlitzen, die kehle zum gaumen hin bricht:
an dem halm sich der laut

HENDRIK JACKSON
Ansichtskarte an O.M.

Ich lebe in einem mittelalterlichrohen Bruchgemäuer;
An den Wäscheleinen hängen slavische Stoffreste,
Kein Hellenismus wärmt mich, den Ofen füttert man
hier mit Schwefelkohlen, das Hufeisen hängt wohl
nicht über der Schwelle, Beifall bringt ein Grunzen
in heidnischen Aufruhrlauten. Dafür gibt es auch kein
Eldorado kein körperloses Summen von tausend
Lichtern kein gänsefüßiges Vollstopfen mit Anmerkungen
zu dieser und jener unersetzlichen Lotophagentinktur.
Nur ein wadenhaariges Lachen an der Stellwand
gegenüber oder das unendliche Tramzirpen über den
Brandmauern, das umdöste Nicken ins Ungefertigte.
Jetzt aber kommen die römer und trinken diverse
cocktails, nicken mir freundlich auf zuruf die uhrzeit zu.
freilich nicht die deine, batjuschka, im warmen pelz.

Heiligendamm

Du schriebst Briefe aus Salz, gewachsene Kristalle der Zunge,
an aufgeworfenen gleichförmigen Wällen entlang
Rolltest Du dich in gemeinsame Legenden, in die Länge gestrandete
Tage, Tränen flossen, im Bild einer Beständigkeit
Wartetest Du jeden Tag, schlafend zwischen Erker und Meer;
Über vernachlässigte Wege, scharfkantige Felsen
Unsere Streifzüge, die verfallenen Villen, bucklige Wellen
endlos wie Wörterketten, auf dem Nachttisch.
Kleine Ortschaften mit holprigen Namen, das Prasseln des
Fetts im entlegenen Fischverkauf, Geschirrklappern
Und später durch Regen wie durch drohendes Unheil zogen
lapidar einige Sonnenfäden, spannten sich auf.
Das Heft von den Nymphen, Sylphen und Wassergeistern in
der Tasche schlitterten wir entlang der zuge-
klappten Strandstühle, schwach beleuchtet vom Innern des Saals,
pendelnde Köpfe, Gummibäume, Besteck, unter
Verlegenem Hüsteln zogen wir weiter, draußen lief das Meer
aus in hellen Flocken, auf dem menschenleeren Steg
Lag einzig ein Junge, wie mir schien, und träumte von Sansibar.

für Saskia

klammern

wie zum letzten mal (beim letzten) klammern
die geweitete umrandung
das einflüstern von seitlich: ich wollte wohl
ein schatten werden.
dann diese abbilder, blättert es, zarte schnitte
winzige lamellen in
einander, blinzle ich sehe was dort auswächst
zu einem todraum.

Morgens

Kleine Mädchen laufen lustig
über lahmgelegte Strassen, fallen
hin, verletzen sich und ballen
ihre Fäuste; salzig, krustig
schmeckt die Wunde, wird zu Schorf.
Bäcker backen Brote und das Dorf
liegt im Ofenduft, auf manchem Dach
raucht es. Mir ist warm. Ich liege wach.

BORIS PRECKWITZ
Valentine

weil deine Lippen
kommen voll 60s wie Pop in Polyprop rot deine
Lippen und weil so Schmoll saug ich mich non-stop
in deine Augen: schön geströmte Turbinen
für einen Rausch aus Blau wo über Weltstadtweiten Jets
durch Wolkenfetzen preschen, die wie Bond Babes
zu Blaxploitation und Pan Am Arrangements verwirbeln.
Im Anflug der Sinne beginn ich die Zitterpartie synkopierter
als nackte Transenbacken im Sambodromo von Rio
trommel Chromosomen zusammen und rot wie Nagellack
schnack ich dir Rosen aus Rom
vom Himmel herab, Happy Valentine,
weil was ich liebe
bist ich was an liebe weil du was
weil was ich liebe bist ich was an liebe weil du was
ich liebe an der Welt ist deine Angst geliebt zu werden –
und noch dein winkliges Gesicht, daran gemessen
schockt der Telecom Tower wie
Brit ohne Pop
Hip ohne Hop
Ten ohne Top im Pepperland meiner Denke
und die lässt es nieseln,
weil ganz ohne Schauer ist Valentine der Ahnung nicht wert,
von Wundern erwartet zu werden – so aufgeweicht
riecht dein Haar dermaßen blond,
dass ich vom bloßen Hinsehn sein Kitzeln spüre – echt – erst
dein eckiges Lächeln kommt auf den Pepperland Pep-Spot
wie Cheese mit Cake
Sex mit Quake
und weil du mich fragst was ich von dir will:

mein Wahn spielt allzeit Loventine
weil immer valentags kann das Verlangen
von seiner Sehnsucht besessen sein, komm,
spiel es noch einmal,
Valentine, spiel es,
spiel es …

Spindoctor

Hochkant die Stadt im harten Licht
Berlin: vom Krisendeal zum Zielgefühl auf Zukunft projektiert,
die von sich reden macht in den Etats
der mittleren Executives in dieser Neuen
Mitte: der Lobbies und Lounges wirkt Geld gewünschte Wirklichkeit,
und es gilt das gesprochene Wort, lanciert mit dem Siegel
gezielter Indiskretion auf Hearings in Hinterzimmern
und frisch verspiegelten Suiten der alten Eliten –
gerät man seinesgleichen in den Blick,
selbst Mittler unter Mittelsmännern,
den Knoten der Krawatte straff
am Haifischkragen ausgerichtet und berichterstattet
den offiziellen Wortlaut diesem Staat in mittleren Jahren,
da kommt es sich selbst zu Ohren, Wort nach Maß, frisch aus der Maske,
auf Flügen und Dienstlimousinen hinter den Linden erscheint es
kurz eingeblendet über dem Drive-in der Demokratie,
bevor es als Ehrenwort an Eides statt die Strippen zieht
in den Artikeln der Verbindungspresse, sinngemäß,
oder besser noch zwischen den Zeilen, im Scheitern selbst
weiß es sich reuig im Recht, denn alles was zählt ist
das Mittelmaß, so will es das Schlagwort,
wenn es das gestern Gesagte aus dem Gedächtnis löscht,
denn unter der Hand:
die vierte Gewalt ist die Straße. Das
sagen gut unterrichtete Kreise.

Reeperbahn

Pappkadetten!
Prollmatrosen –
Wachsnasen in den Wind und achtern längs
zum Landungsgang verkrachter Sexistenzen.
Die geile Meile tupft sich schon
den Kobertropfen unters Ohr,
Wachskameraden!
Seichtmatrosen – auf Pauli Heil und Pauli Dank
spannt sich der Straßen-Stretch nach Strich und Abstrich.

Manege frei, Herrreinspaziert, Entrez Mesdames – Messieurs!
Verehrte Herrschaften, willkommen im Panoptikum!
es präsentiert sich Ihnen exclusiv
die geistig normalste Riesin der Welt mit ihrer – neuen Mitte.
Nur immer rin in die Galopp-Diele, Policenritter,
wieviel Lebtag heute wieder in die Ablage P geklittert?
Üb immer brav und Artigkeit, den Wachskontakt mit toten Potentaten,
dann steckt dir auch die Herzogin von Hongkong
eine Thairose ins Knopfloch.
Come in here, Citydirektrice, Pistenbiene,
mal dir ein büschen Lilo in die Miene –
wirds wieder eine Niete diese Nacht?
Na hoffentlich genoppt, ich mein ja nur,
so Nepp wie heute kommen wir niemals wieder zusammen!

Wachskumpane,
Paraffinvisagen!
Sonne – Krone – Joker –
Kirsche – Kalinin oder Ko Phi Phi – wo ist das Kügelchen?
Solange noch der Rubel rollt durchs Krematorium der Kuscheltiere,

ist Polen nicht verloren – Käsch in dä Täsch Arsch huh –
in tabledance we trust: was gilt der Dollhouse Dollar
auf die Galopperin der Woche?
1. Preis: 4x für 1x
2. Preis: Liebe im Leichensack und Vollgas durch die Klinik Kerker!
Hier soll sich kein Phantom beklagen,
dem Miss Saigon den schwarzen Stöckel an den Hals setzt.

Ey, Mungo Jerry, kommst du mit –
duu Stuuubentiger, schau doch mal:
Kontakthof links, Kabine rechts, wir odorieren Dir
das goldene Katzenklo mit Operettenseife:
hier schnurren die Cats den Schmuuusekurs zur Ludenpfeife,
Applaus für Grizzabella, très ex-qui-sit, wie sie Bombalurina
die Klöppel auf die Implantate nietet: je geflickter
desto Fleisch, hinein ins pralle Premiumleben. So,
verehrte Gäste, bleiben Sie an Deck,
wenn MS Orinoco in der nächsten Nummer
nach Sexotica in See sticht –

Wachskameraden, Wasserträger!
Dem ganzen Haus ein doppeltes:
Willkommen im Panoptikum!
Und alle mal: Willkommen im Panoptikum!
Im Purgatorium für kulturelle Wellness
klinkt euch den Unterhaltungsflow ins Hirn:
dreifach – Willkommen– Willkommen – Willkommen,
im Pop-Puff der Literatur.

Europastraße

:an Bussteigen wechseln
Blicke des Schweigens Beeilung
rettet die Reisenden
über die Zeit.
Ein weißer Stier auf Linienfahrt
spießt Boarding Cards aufs Horn,
gendesigned den Drehzahlmesser
ins Herz gepflanzt entlang neapelgelb
befeuerter Europastraßen
:Raststätte
Roadhouse
Relais
via Amsterdam Antwerpen
verlieren sich Gedanken in
Gedanken, und halten ein, Europa,
und handeln deinen Aufbruch
zu Aufenthalten ab.
Im Schirm des Bordvideos
zerflimmert ein Abspann im Standbild,
grünes Nachtlicht
dimmert im Kontinentbus.

ALEXANDER GUMZ

lass uns
wetterlagen erfinden
eintragen
in die grossen karten

die holzeimer
zerschlagen von allein
wenn
wind kommt
den wir übersahen

so soll es sein

ein einziges
gewitterlicht

ich bewahre die musik
vor wahrheit

wen sollte ich fragen
was ist richtiger
als der klang

wenn kein platz mehr
in der kirche
diesem grossen schiff

voll singender
frei bleibt

der schlaf ist ein leerer bruder
er zeigt uns im rückspiegel
klarer als wir
je gewesen sind
auf einer autobahn
das radio abgeschaltet
die ganze nacht auf glatteis

diese kurve endet
nicht im bahnhof

noch beim zaun
den die toten überleben
stehst du
leinen um die knöchel

am versuchsfeld wartet
nachdem wir
kurzärmlig
im wind standen
ein halber zug

die sonne
nagelt dich
vors schloss

dann bist du dran

THOMAS KUNST

Es ist ein Fest mit Schultern an den Wänden,
Die stehen auch so, du magst dich nicht entfernen.
Und mitten in den Räumen, an den Händen,
Beginnen Gläser mit den klaren Kernen.

Es ist ein Fest mit Gläsern vor den Händen.
Die Türen warten, ich sehe dich nicht mehr reden.
Du magst deine Musik im Tanz beenden.
Ich suche dich auf dem Flur und frage nicht jeden.

Dein Mantel ist vom Holz und auch vom Meer
Wird er gewiss nicht leichter, du kommst später
Nach, und sicher hat jemand den gleichen

Weg, wie du, am Wagen lehnst und sehr
In deinem schweren Mantel frierst, versteht er,
Du bist so leicht mit niemand zu vergleichen.

Korsika, 25. Juli, der Hund und das Kind,
Der Weinhändler, die rote Wäscheleine, die
Briefköpfe am Küchenfenster, von mir aus
Bis ins Wasser, finalmente, der Tod
Geht immer leer aus, auf den Inseln, ich sehe
Schon die Ziegen und die Schränke
Schwimmen, sei bitte nicht mehr
Traurig, dass ich keinen Abschluss
Habe, aber ich muss noch mal ins Dorf
Runter, damit mir endlich etwas
Zu den Sommermonaten einfällt, früher
Hätte ich an dieser Stelle noch
Wintermonate geschrieben, ich wusste
Gar nicht mehr, wie schön die Welt sein
Kann, nur weil wir unvernünftig waren.

In den Notizen des Schlossgärtners

Beginnt der Frühling auf zierlich
Japanischen Prothesen,
Hält so das Mitleid in Schach.

Ich bin untröstlich, aber
Mit Frl. von Berg wird es ein
Trauriges Ende nehmen.

Immer, wenn der Abend dahinten
Richtig hoch wird, verlässt sie
Auf ihrem Zweisitzer den Garten,

Die Schaukel, die Trauben, seit
Sie nicht mehr in die Stadt zurückkehrt,
Sagt sie immer das Bonbon'

Und nicht mehr, wie es richtig heisst.

Nizeser Apathie. Nur noch den Falter
Totmachen über der Tür. Es ist kein Falter. Nur
Ein Spalt. Nenn es, wie du willst. Aber mach es
Mit Liebe. Benenn es nach einer Musik, in der
Schon die engen, abgezählten Nerven eines
Einzigen Instrumentes reichen, die lähmende
Geometrie einer Berührung zu beschreiben.
Nenn dieses Stück nach den letzten beiden
Briefuntergängen der wirklichen See. Nenn es
Yonefa und Wellesch. Nur noch den Spalt
Totmachen über der Tür. Es ist keine Tür. Nur
Eine Fortbewegungsart der Hauswand. Die
Geschichte der Einzelzimmer ist auch immer
Die Geschichte der Novelle am Fenster, le bois
Mouillé. Die Geschichte eines leeren
Holzorgans. Wer kommt. Wer geht. Und wer
Noch genügend Müdigkeit hat, den Schaum
Und die Zeichnung vom Pferd nur im Tanz
Auszuhalten. Nenn es, wie du willst. Denn es
Bleibt das gleiche, braunrote Material der
Dämmerung, das du zwischen den
Auflodernden Muskeln der Bäume immer für
Güterwaggons gehalten hast, die Geräusche von
Güterwaggons, so ein Schleifen aus eckigem
Cognac und Kupfer. Nur noch die
Güterwaggons totmachen. Es sind keine
Güterwaggons. Wie oft noch. Es sind keine
Bäume, le bois mouillé, die brauchst du doch
Nur, damit Waggons dahinter überhaupt erst
Möglich werden, die Muskeln, die Falter, die
Züge, der schwere, matschige Rost von Pferden,

Die wirkliche Küste. Nur noch den Staub
Totmachen über der Tür, den Schaum, den
Staub. Es ist keine Tür, nur ein aufrechtes,
Seitliches Rauschen.

RENATUS DECKERT
August

Ein Mauersegler über dem Todesstreifen, ein
Aufschwung hart an der Grenze,
dort,
wo Gott jetzt die Rotweinreste
in den Himmel gießt.
Die Schatten der Masten dringen ein in die verbotenen
Horizonte von gestern.
Ränder,
verstrickt zu Nähten von ungeübter Hand.
Raketen und Korken,
scharf geschossen,
sind aus dem Himmel zurück.
Stimmknötchen
haben sich ausgewachsen zu Knoten
in der Zunge,
die sich nachts entwirren,
wenn die Konturen verschwimmen und alle Hunde
grau sind.
Ihr Anschlagen ein Nachhall in den Ohren
der Grenzgänger von einst.
Über die Rostspur der Stacheldrähte wächst Gras.

Odysseus

Er riß das Pflaster auf: im Morgengrauen auf einer
Kreuzung im Osten
der Stadt.
Er hatte Nägel
wie Krallen, Hände groß wie Schaufeln.
Die Autos streiften ihn
im Rasen.
Schweiß schoß ihm in die Augen,
daß er blind war wie
der Zyklop,
als er erwachte.
Die Steine, die er aus dem Boden riß, warf er achtlos
um sich.
Scheiben krachten:
drohend zuckten ihre Splitter durch den Rauch.
Die Nägel schwarz und blutig,
schrie er auf
und kniete schluchzend nieder in den Sand, der jetzt
hervortrat unter Stein
und Teer.
Als die blauen Sirenen auf die Kreuzung flogen,
berührten seine Lippen
zitternd
den Strand.

Am Wasser

Nachts am Strand die schwarzen Hunde: ihre Sehnen
gespannt wie der Riemen
eines Katapults, das sie in die Dünen
schießt.
Nacht für Nacht jagen sie durch den Staub,
die Gischt
auf den Fersen,
vor den Lefzen Schaum.
Ihr heiseres Bellen zerbricht das Röcheln der See.
Noch im Schlaf
hört man sie heulen,
während ein Sturm an der rostigen Winde
zerrt.
Am Morgen ihr blutiges Fell.
Die Wunden der Nacht, die auf der Zunge zergehen.
Der Biß
in die Kehle:
das brennende Zeichen des Kerberos.

Das Auge der See

Im matten Tafelsilber der Rückenflosse die Brandung,
zuckend
wie ein graues Echo.
Auf den Tischen im Hafen, auf Eis gelegt,
hört das Auge nicht auf
zu blicken.
Der Tod hat den längsten Atem.
Die Pupille: gebrochen unter der Last der Blicke
dort unten.
Sie hat zu viel gesehen.
Was sich verfing in Korallen und am geborstenen Bug
von Atlantis.
Die zerschmetterten Sirenen
nach Adorno.
Und in Schlamm gesunken
Jona schlafend im Bauch des harpunierten Wals.
Das Erstaunen
trägt er noch immer
im offenen Maul, der Fisch.
Im Hafen das Geschrei der Händler, durch nichts
zu stillen.
Tag für Tag fahren die Boote aus,
um das Schweigen
aus der grünen See zu holen.
Nur das Meer geht den Fischern nie ins Netz.

CRAUSS
blumen [re:wind]

blumen
überall blumen, nicht nur mohn, meere von blumen.
tanzende leiber natürlich, aber auch mohn und wind,
gekleidet in sonne.
und eine orgel. hunderttausend geigen, ein gigantisches,
rauschendes fest,
eine riesige orgel inmitten der gaukler;
und seine stimme hat die kraft und er singt.
gott, sagt er, der letzten tage:
ich bin hier.

gekleidet in sonne
tanzende leiber natürlich, aber auch mohn.
nicht nur mohn, meere von blumen;
überall blumen.
blumen.

ein paar flüchtige, hingekritzelte

Brinkmann tanzt faithless, eines dieser
letzten lieder vor dem heimgehn. köln
tobt, probt einen aufstand, eine frau ruft Rolf Dieter
hinter ihm her. er nimmt sie mit, er nimmt sie
wirklich ein stück mit und überlegt es sich
dann anders. es ist fast tag in köln,
er probt im taxi einen abschied und die milde witterung,
die wieder gogogirls zum rheinpark lockt.

aber er überlegt es sich ganz anders und

Brinkmann setzt sich in den zug, es ist oktober,
herbst, zeitlos, und für dickliche mädchen
mit schulterlangen schwarzen schwarzen haaren
und riesig beknopften schwarzen mänteln
und langen lederstiefeln, schwarz, auch schwarz, natürlich,
unter einem umso kürzern rock, dazwischen: nichts
als nylonbestrumpftes fleisch, für die ists auch
wieder zeit. sie wackeln durch die stadt und winken
ihm fröhlich zu. eine ruft Rolf Dieter
hinter ihm her und dann verschwindet er. westwärts.

le photographe est mort

Ernest Friedmann ist tot. seine bilder bewegen
die welt le monde la corriera della siera, life.
ein mann im overall flüchtet, verschwindet
in einer grobkörnigen wand, in einer grau abgestuften
            explosion, die schnell
einen schatten von ihm zeichnet; halb laufend, halb
fallend löst der mann sich auf.

bilbao 37, madrid 38, thai ping 54 schliesslich und das laken
bildet metastasen, wird zum fels vor felsen; das leichentuch gefriert
zum steinigen standbild vollkommen uneuphemistisch
ruhender leiber, an dessen ende, im berühmten, kargen winter
ahorn aufgespiesst ein militär steckt. 35 millimeter, und
im hintergrund ein schneeiges gebirge.

gott wird aufgelöst im entwicklungsbad einer photographie:
            wenn dein bild
schlecht ist, warst du nicht nahe genug dran.

AUF DEM SEE floating mix

am see steigen jetzt oft die giftigen karpfen an land: es sind
die städte, das weite tal im tiefen rohr. der tag
war heiss, der blitz fällt schwarz: ein greller gott entsteigt
den dunklen tieren
aus verlangen und bewegung. hirsche wandeln dort am
hügel. hingeschlämmt das ufer,
in den nacken gelegt,
in den see geworfener stein: mit abgewinkeltem arm nur
ruderboot, ein weisser kahn,
nun kreise ziehend, hartes
ruderblatt: die stadt beginnt, das gras ist mit der nacht
eins. manchmal regt sich das geflügel und zieht dem himmel heisse
haut ab,
so dass man erregt
aus tiefen träumen aufwacht, nackt
im pavillon; ein kommen und stehen und warten,
das weite tal, ein forscher wind und ebenweiche gestik
hoch über dem see.
die stadt ist der stein, ein weisser brocken salz
das kind. der blitz fällt schwarz: cin greller gott entsteigt
den dunklen tieren,
sie kosten die angst. wer lockt das idyllische reh träumerisch
empor in vielen wellen. und ich schwöre, ich sah vogelaufschwung
hoch
schlugen die spiegel im körper, sie
kommen und stehen und warten die ganze nacht und kahl
noch überall die rudel böser hirschküh. kniend sinken sie im
kahne nieder. manchmal
regt sich das geflügel: wie es sitzt und wie es lauscht: die
schönheit die lust die stadt im tiefen rohr schweissreibend und

aus vollen kräften rudernd.
wir betraten das eiland und es richtete die segel auf,
ein kind verrenkt die wolkiggelben birnen. das höhnen der
föhren treibt seinen schönen langen hals und das gras ist mit
der nacht
eins. manchmal.
und im see bespiegelt sich
die reifende frucht.

SASKIA FISCHER

Eine Geste

Ich kenne einen, den kenne ich gar nicht.
Er trägt sein Haar so grün wie ein Frühling,
die Augenbraue beringt wie der Fuß eines Vogels.

Seine Lippe sitzt in einer silbernen Klemme:
Er kann keine dicke riskieren.
Fest ist auch die Zunge gebunden. Ich glaube,
sie hat mit dem Schweigen die Ringe getauscht.

Und wenn im eiligen Kommen und Gehen
er schlicht die Hand mir reicht,
er, den ich nicht einmal kenne,
heb ich die Lider und meine Brauen
schwingen erstaunt sich auf.

Im Nachtflug noch hör ich ihn
silberleis klingen.

Der Trennerin Taglied

Ich bin ein Schneider. Meine Nadel
ist keine Nadel, mein Faden
kein Faden. Alles was mein ist,
heißt Schere.

Leute kommen zu mir mit Wünschen.
Erst gestern kam eine Frau und wollte
getrennt sein von ihrer Mutter, die
tot ist und arg ihr ans Herz gewachsen.
Ich nahm die Schere aus blanker
Märzensonne und löste die zwei von
einander. Jetzt ruht die Mutter sich aus
von einem lang in ihr zehrenden Winter,
und die Tochter geht leise ihren Dingen nach,
um den Frühjahrsschlaf nicht zu stören.

Ob man's glaubt oder nicht: Meine
Beschäftigung bringt Kleider mit sich.
Die stehen den Leuten gut. Sie nennen sie gerne
Freiheit und fühlen sich darin bequem.
Das ist mir sehr wichtig neben all der tragischen
Schönheit des Stoffes, des Einschnitts.

Vor kurzem trennte ich einen Mann
von mir: Schwerstarbeit (wir waren statt
verliebt ineinander verstrickt). Er weinte,
weil ihm sein Leben plötzlich zerstückelt schien.
Er hatte recht. Es gab keinen roten
Faden mehr. Ich riet ihm zu hellblauem

Luftikus – Spezialgarn des Himmels –
sichtbar, doch kaum zu fassen.
Seitdem springt er umher wie ein Laubfrosch,
nackt und mit knallgrünen Flausen im Kopf.

Ich bin tapfer und habe mir dies
auf den Gürtel geschrieben, der meine
Gedanken zusammenhält.
Ich ziehe die Liebenden an. Doch
auch davon kann ich mich trennen.

Ich bin ein Schneider. Ich halte
nichts zusammen, auch heile ich nichts
(sowas tut ohnehin nur die Zeit). Denn
alles was mein ist, heißt Schere
und produziert ritsch-ratsch
Schnittmuster der Illusion.

bermuda dreieck

im vergnügungssuchtviertel der innenstadt
gehn sie durch fettgestankwolken zeit-
anomalien und im suff meist verloren.

und wären wir dreimal brecht wir ließen nicht
ein, wer da keine heimat hat. es klingelt
bis zum morgen noch oft an der tür laut

das gerangel um theo und lodz. ach
johnnies fahrt dahin und kehrt nie mehr zurück.

es zieht sie das teufelseck magisch an und
hinein in den schiffbruch die reste
der seekrankheit mittags noch

auf dem trottoir: zerbrochenes, braunes
blut oder bloß jägersoße. die post durchtränkt
vom saft einer mausgrauen peperoni

und vom öl eines fehlgeleiteten pommeskahn.
die eigene mülltonne wird seit tagen vermißt
die tüten faulen im hausflur. methangas

soll die ursache sein für das verschwinden
ganzer mannschaften und familien.

glück auf!

der vater war bergmann. er sprengte
das innere des erzgebirges nach schema f wie
freiheit und sonne und vorwärts ihr brüder.
ein weg tat sich auf den keiner bisher
gegangen war. gefühl wie adam
mit grubenlampe am kopf der erste zu sein
dessen finger über nie berührte minerale glitten:
quarze baryt pyrit, aus der dunkelheit heraus
gehämmert verwahrt bestaunt. freiheit
was für ein programm. das bergwerk ist jetzt
für besucher geöffnet während der vater
draußen seine unschuld poliert
und in die bars der südseeinseln einfährt.
er kennt die von hemingway auf kuba
kennt sämtliche happy-hour-zeiten doch kennt
die englische sprechweise nicht sagt immer
happy hauer und freut sich
daß im inneren seines körpers noch keiner
das uran hat zutagkommen sehen.

VOLKER SIELAFF
Fliegen

Als Dorfjunge wurde ich mit den Fliegen groß, ihrem
Gesumm. Vor winzigen Fensterscheiben fielen sie
irgendwann einfach herunter, und da war keiner,

der sie dann wegfegen wollte, tagelang lagen sie so,
mit ihren leblosen Beinen, allein auf einen blutleeren
Körper gestützt, der sie schon nicht mehr halten konnte,

in der Regenrinne des Fensterbretts der Toilette, wo sie
noch eine geraume Weile satt glänzten, bleiblau oder
schwefelgelb, während die Flügelmusik der anderen

munter weiterging ..., wie heute zwischen Kirschbaum
und Himmel, auf halber Höhe des Baumes, während
Meinungen herumgereicht wurden, ich klinkte

mich aus, träger Nachmittag bei Kaffee und Kuchen, der
Blick seitlich zu dem wippenden Auf und Ab, als ob
sie alle an einem unsichtbaren Faden hingen – hier

unter diesem Blau, das nichts mehr zu erzählen weiß:
ein Schwarm Fliegen, der sein gläsernes
Netz in die Sommerluft webt.

Farbe, innen und außen

(Nofretete, 14. Jh. v. Chr.)

Mit den Augen üben wir, uns einander anzusehen.
Mein Blick ertastet das Eisenoxyd ihrer Lippen,
legt sich auf das schwere Kupferblau, wie ein Kopf
sich auf eine Wolke legt, die kupferblau ist, die
sich kupferblau abregnen, sich entladen wird
in Blitzen, die aus einer Wolke kommen und
in eine Wolke wieder zurückgehen, die
wir sehen können am Himmel über uns,

wenn sie Regen ausschüttet wie eine überzählige
Farbe, wie schwarzes *Wolkengewicht*, das seine Schwere
hergibt für ein mildes sommerliches Gelb,
Butterblumengelb Narzissengelb, flüchtig
wie ein flüchtiger Augenblick, wie
das Schwefelarsen hinter dem Rot
ihrer Wangen:

(das Goldgelb und das Schwefelarsen,
aber vor allem das Schwefelarsen,
»Schwefelarsen, Schwefelarsen«, die Vögel
rufen es von den Dächern, den Pappdächern
der Geräteschuppen und den Ziegeldächern und den
schwarzen Dächern).

Mit den Augen üben wir, einander anzusehen.
Mit den Ohren hören wir einander zu.
Mit dem Mund schweigen wir.
(Das einfache Schwarz,
und das Holzkohleschwarz ihres Auges.)

Briefe, innen und außen

Ich bewahre sie auf in einem Schubfach
meines Schreibtisches, das ich nie öffne,
ich erinnere mich nicht an sie, ich
lese sie nicht mehr. Ich bleibe mit mir
selbst hinter ihnen zurück, ich eile
ihnen voraus wie ein Langstreckenläufer
seinem Verfolger. Ich wünschte sie nie
geöffnet zu haben. Sie sind mir im Wege.

Ich verfluche die Geschwindigkeit
auf dem Luftweg, die zugeschnürten Säcke
in den Postabteilen der Züge, ich verfluche
Züge, die sie beförderten und die Ungeduld,
die mich plagte, während sie noch
unterwegs zu mir waren. Jeder Brief

gehört dem Augenblick, da
eine Hand ihn ergreift, ein Augenpaar
die Schrift auf dem Umschlag ertastet, schon
steckt man ihn wieder weg, in die Manteltasche, da
wo er hingehört, befühlt ihn
im Gehen; und dann

beginnt es zu schneien, das,
was wir die Wirklichkeit nennen. Ich könnte
dir morgen das Gedicht hier schicken, und es würde
dir sagen, daß Schnee gefallen ist. Was
nützte es dir. Vergangenheit

und Zukunft existieren nicht, sagt
im Fernsehn der Physiker, man könne da nur
von einer Folge von Augenblicken sprechen, ich laufe
zum Schreibtisch herüber, dir
in die Arme.

Diesen Winter,

als du kamst,
und ich Mandarinenschalen verbrannte
und dich fragte Wo bist du / gewesen?
als ich ein Badetuch um deine Schultern legte
und sagte Ich will es / nicht wissen
als ich lächelte
und die schwarze Schleife in deinem Haar / löste
als du sagtest Ich auch

UWE TELLKAMP

natura morta, erinnerung, die drusen
spalten linien eines spielplans, ein wanderer zwischen
den zimmern des traums. die uhr verzweigt sich, die schleife
will die aufgebogene schwerkraft zurück zu den bildern löschen,
wie eine hand die balance der worte verschenkt, um abzulenken,
wenn das fremde auge etwas anderes sah. stilleben
sind aus den wünschen geronnen, die schale
hielt inne vom gewicht eines haars, der maler
ließ türen zurück im gemälde: den brotkorb, die blumen,
den brief und die münze, aber die fliege
aß von den speisen zuerst. wir sahen einen baum, aber konnten
die früchte nicht erreichen, und da wir nicht wußten,
warum, lockten wir mit musik. am dorn in der mitte
des bildes ist das bild aufgehängt, eine sekunde
verlängert sich zur saite auf einer laute, aus deren ruf
die spinne noch immer die frische, feuchte seide über
den weintrauben zieht, plötzlich siehst du den salamander,
wenn du aus dem zenit trittst und auf dem halbkreis
vor dem bild eine andere position einnimmst. dann
fliegt auch das rotkehlchen auf dich zu, und der nachtfalter,
hebst du den kopf, ist über dir.
die goldenen nägel am rande des stuhls scheinen soeben
eingeflogen; langsam, um eine zone der zeitlupe
in den fliegenden gebieten festzuhalten, haben sie sich
gesenkt, von den hämmerchen geduldiger blicke
wird eine oberfläche am grund des blaus verankert.
dann kommt der zweifel, der museumswächter
hat bemerkt, daß du zu lange verweilst,
und hat dich unterbrochen. du warst
erreichbar, und auf die uhr, die er zeigte, mußt
du dich verlassen. also willst du gehen.

aber dieses haar hält dich zurück.
jemand ist eilig aufgebrochen, eine halbgegessene brombeerpastete
hält den augenblick in pacht, du liest die buchstaben,
die der schlüssel in fenstern eines verborgenen alphabets
geöffnet hat, langsam, wie der bogenschütze die waffe spannt,
schmelzen die tulpen hinter der durchsichtigen tür, der schütze
sieht dir ins gesicht, zielt auf dich, der pfeil
sirrt in die tiefen des bilds.

(der tauchergott: utopia) – aus zerbrochenen uhren
steigen die landzungen des ostens,
die kein sterblicher mehr betritt. im narbigen blick
weht fahnenrot über plattengevierten, dann
hört man die arktischen sirenen singen,
sechs uhr morgens, auf den kalten fluren
schrillen die trillerpfeifen: aufstehn, genossen, aufstehn
aus gefluteter nacht. geräusch von panzerketten, marschmusik,
die nackten glühlampen meldeten uns zurück, hinterließen
brandflecke in der schwimmhaut der stuben, im schlaf.
nur die sonden blieben von den rückzügen
des pelagischen amnion, das uns umgab, reckten
sich langsam wie schwarze astern bei wachsendem
turgor, blüten, denen seltsame kinder entstiegen: wir.
reflex, den reißverschluß unserer tarnkörper zu schließen
und die kruste aus müdigkeit zu zerbrechen. müde,
müde waren wir von der steppnaht
der impfnadeln am saum unserer träume,
eine membran, über die augen gespannt, sie mußte
den kletternden kegel halten, die gemahlene zeit.
waschen, genossen, fertigwerden. das wasser war
scharfgeschliffen am vorrat der kälte, riß
uns die reste betäubung ab wie chamäleonzungen
fliegen vom schwebenden blatt, dann tauschten die fliesen
uns worte zurück, stichlinge blinkten, wir wußten:
lauschabdrücke, ruhig ins dunkel gestempelt, ohr-
hämmerchen, die noten wie schwarzkuppen
in klänge schlugen, fertig, genossen, angetreten, gagarin
lächelte überm küchentisch, der wachhabende
kontrollierte die plombe zwischen rahmen und wand.
dann wurden die wasserhähne geöffnet, aber in unsere becher
schoß blut.

(der tauchergott: utopia) – abends
bezogen wir unsere betten mit blau. etwas war geschehen.
etwas so einfaches wie ein in dachpappe geschlagener nagel.
mücken befruchteten die hände, fliegen das brot.
ein ruhiger beobachter hielt die sonne zwischen zwei fingern,
rauch kräuselte sich wie das luftspiel einer schwanendaune,
wolken stiegen, rosenasche fiel auf das ausgelaugte licht,
gekappt von der klinge des horizonts alle fäden
zwischen dort und hier. spiegel zeichneten uns, doch
als wir uns sahen, waren wir gelähmt. *war es liebe?*
war es, daß jemand mit dem meer seiner offenheit,
seines verstehens dich umarmte, oder nur brandung
tasten und vorsichtig sich zurückziehen ließ
von deinen stränden, war es, daß du einen menschen
berührtest, oder berührtest du nur seinen schatten?
er kam, reichte dir seine hand, die du nicht sahst,
verschwand, er war der wirklichkeit nur geliehen.
der augenhintergrund beschlug mit rotem rogen,
bauxitmünzen konnten schwimmen auf dem öl unserer flüsse,
ein befehl schnitt das aber aus den kongressen, drahtsterne
wucherten in unsere entwürfe. wir schmolzen die worte
zu rohlingen, die wir mit den farben fremder visionen
glasierten. nachrichten tickten wie metronome, rollfilme
eiserner windmühlen, wenn wir im ährenkampf standen.
das klavierpedal rückte die musik aus den angeln,
die klänge bekamen gummikanten, federten,
ein fremdes diapositiv wurde in unsere tage geschoben.
elster wartete auf dem rostbaum, im wald nebenan,
den wir nicht sahen im eiskorn unserer pupillen,
knospen brachen zu bienenlilien auf, zweige, gekrümmt
wie bischofsstäbe, schossen ankerfäden in unsere klinken.
stahlfische klirrten durch die unterwassersäle,

traumwürfel, gekettet an funkensprühende
fernleitungen von baikal und amur, die in MONSATOR-
küchenherden endeten, blauen gaskronen, baumfarnen
des heizwerks, und VEB, die riesenuhr schlug, zeit
war gestiegen über die milchglastapeten
des gestrandeten barockschiffs, das zartgeschliffen war
von winterdünung, leicht unter abgemagerten segeln und
vernickelten luks in klarinettenmasten, alte maschine, ein kunstherz
mit dem hakensiegel nibelheims, darunter die fuchsfarbenen
spinnfasern, singende spindeln zwischen speichern, strohgefüllt,
und morschen decks tief in den schatten des schlafs.
grannendurchwirkte schallplatten knisterten, ETERNA, MELODIA,
treppen erschienen in den flügeln von gilels und kempff,
unsere zimmer waren aus echoseide geschnitten,
von grammophonnadeln mit italienischen opern bestickt,
nachdem die wachhabenden die riegel vorgeschoben hatten
und das petschaft an der tür kontrolliert,
hinter der das meer begann. in den öfen schwamm
die große brikettfressende goldschlange, die uns manchmal
verschweigen half, nach mitternacht hallten klopfzeichen
durch die verbeulten rippen der wasserdampf-akkordeons
an den warmen rändern unserer stuben. wir sprachen
nun anders, bogen die gedanken gerade
zur sprache, die wir uns morgens von den lippen schnitten,
um sie in dem kästchen für das wertvollste zu verschließen,
weit innen. etwas war geschehen. die verschwörung des ballasts
am rumpf unseres raumschiffs, das fast
gleichauf mit dem sonnenstrahl gelegen hatte.
in den stummfilm schlugen trommelschlegel risse,
eine präparierschere spreizte das zifferblatt, förderte
tote schwarze riesenkäfer. mehr licht! baten wir.
aber jemand drehte nur eine glühbirne auf.

monsieur papillon, souffleur des serapionstheaters

keine gute zeit für ihre fragen. sie sehen ja.
fürst februar läßt seine rauhreif-marine halten
und begibt sich zur audienz in die stadt
mit den wasseretagen und kristall-tapeten.
alle häuser haben jetzt empfindliche wangen.
manche wirken wie große, gefrorene schmetterlinge.
andere, als wären sie eben aus den winterfingern
einer harfe getaucht. Ich weiß, wovon ich spreche.
beim serapionstheater denke ich immer
an einen im flug aufgehaltenen ballon.

aber lassen sie uns doch in das café gehen,
das die form einer postkutsche hat. es gibt dort
guten seelilientee, eine streichholz-karavelle, und die fische
sind noch altmodisch gekleidet. das radio dort
hat den vorzug, neben einer windrose zu schweigen.

im uhrenturm lebt ein philosoph. er hat
einen kleinen wimpel in einer mir unbekannten
farbe gehißt und nickt mir auf arabisch zu.

ich kenne mich aus im arsenal und gehe,
wenn die oper oben jenen grad von neigung erreicht hat,
wo sie auf kufen von selbst ins große, leuchtende herz
der wehmut schwimmt. dann braucht mich niemand mehr.

mein bester freund ist der theaterschneider.
er raucht, aber nur gläserne zigaretten. manchmal
hilft er aus am zweiten fagott. das liege ihm, sagt er.
es habe den klang schwedischer stopfkissen.

rindenbraun, mit einschlägen von gelb,
die kleidung der giraffenkräne im hafen von stockholm.

für unser haus haben wir nur musikalische steine verwendet.
der pförtner kennt jede note, und die flure sind lyraförmig.
parkett und bühne mußten wie klaviere zu reisen verstehen.
wenn der dirigent seinen stab aus altem wiener brokat hebt,
fliegen tausend silberne ton-nadeln zugleich
auf die magnetische spitze. ein funke, und sie sind
verschmolzen zu einer reinen, waldklaren glocke.
mozart, der ihn in der eisblumen-loge hörte,
hat ihm eine blaue schallplatte geschenkt.

das arsenal im theater ist von der bauart,
bei der man die augen schließen muß, um sie zu sehen.
hier liegen die wohnungen der librettisten,
und neben dem feuerlöscher hängt ein fallreep
nach dresden, zum zirkus sarrasani. mein zimmer
befindet sich neben der kajüte des holländischen kapitäns.
die primadonna empfängt nur nach voranmeldung
und dann meist oben im kabinett der sterndeuterin.
der zauberer hat ein schild an der tür:
wenn du das wirkliche blau suchst,
wirst du bald in der tinte sitzen!
ich brauche nicht zu klopfen. er spielt schach
mit dem fänger der trapezartisten oder domino
mit dem ungarischen krokodil-dompteur.

am liebsten bin ich im schnürboden.
dort haben wir die kostüme. früher habe ich nachts
diese gewebten worte eines märchenbuchs
hinab ins leben gelassen.

nach der vorstellung gehe ich nach hause.
meine wohnung liegt hoch, und ich lebe allein.
ritter schattenherz, mein nachbar, sagt, man merke das
am zustand meiner blumen. ich bin ein guter
gärtner geworden. in der blüte einer meiner orchideen
schläft ein zebra. es ist sehr geduldig
mit der kleinen, etwas ungeschickten pharaonin,
meiner katze. sie ist als baby in einen ägyptischen
farbtopf gefallen. sie putzt am schwarz,
bis es ihr erstaunen zeigt.

wenn sie wollen, schreiben sie mir. ich stehe nicht
im telephonbuch. briefe erreichen mich
unter der adresse von münchhausen. hier, bitte.
und hier schenke ich ihnen seinen bleistift.
nichts zu danken.

ich mache mir noch etwas zu essen,
bevor ich schlafengehe. der spiegel frankiert das licht,
abendliche fracht. ich habe fast nur noch
erinnerungen für meine liebe.

SILKE ANDREA SCHUEMMER

Was sich ein Nest baut in den Achselhöhlen,
das kriecht auch durch den Nabel fort. Und in die
Muscheln ruft es wilde Worte, färbt Wangen rot,
ist Echolot auch für die Lymphen, die sich wie
grüngebleichte Nymphen zu den Schulterblättern schmiegen.
In den Salzfässern unterm Hals, da leckt sich satt,
was da geschlüpft aus Haar und Poren, was
ausgebrütet zu der Beuge runterfloß, um sich dann
noch einen Weg zu bohren zur andren Seite hin.
Was sich ein Nest baut in den Achselhöhlen,
das schlängelt sich auch durch den Mund,
das brennt und zündelt auf der Zunge,
bis die Lippen wund ein neues Nest gestatten.

Der Schleier gab sich dem Gesicht
Die Brust verschnürt das Mieder
In Achselhöhlen und im Schoß
ist es warm mit Pelz verbrämt
hier kehrt die Haut ihr Futter nach vorn
Eine Laufmasche rennt rot das Bein hinab,
trennt Pore von Pore, dazwischen der Haarflaum
zittert nicht im weichen Polster, dem Korsett
ist nur ein Webfehler der Nabel
Wär nicht ein Flicken Mutterhaut hier unterstopft
man könnte vielleicht sehen
daß der Marmor dort im Magen
einen kurzen Namen trägt
Hören kann man ganz bestimmt
tief im Fleisch verlorn die Spieluhr
die singt nicht: die klopft

Die Flüsterzungen wußten
vom aus der Haut fahren
daß da einer aus der angejahrten
in ihren Schatten treten würde.
Halblungig, doppelzungig
gefedert, nicht geflügelt
in Stücken dem Gesicht entschnitten
Die Flüsterzungen wußten
daß der Zwillingsschatten,
der Saugerling, sich selbst abstillt
und einen Ammenschlaf wie Gas verspricht.
Der Abgeworfene der hinterrücks
dem kaum Gesagten in die Sätze fällt
der hochkopfig Gesten führt,
der das verschlingt, was
der eine Mund dem andren abgebalzt
der würde sich mit jedem Flüstern mehr
nach vorne stelln

Das Verwaiste wälzt sich auf den feisten Bauch,
zwängt schlucklos seinen Leib
den Hals des Schlafenden hinab,
wo Milch fließt, die, was abgeborn, ersäuft

Haarig jagt sie die Schläfen entlang – schlaflos: die Nacht,
würgt das Alte hoch, das speiige Vergessne
wäscht den Glanz aus dem Pupillenring.
Die Haut darunter bindet rot. Hier sammelt sich der Sand
der später knirscht im Zahn.
Sohlen scharren, da reißt die Landschaft drunter weg.
Vor Fäule trieft der Räudige an Kopfes statt.
Das Geraufte schnürt die Brust, von da an
mahln die Knöchel Schlaf zu Staub.
Der weht hinaus und
wird hell

GERALD FIEBIG
strategie

lies die sektoren der stadt:
blättre in den platten des gehwegs
am sonntagabend in den straßen,
die wie flugzeugbauer heißen.
trinke das bier von der bodenstation
& leck dir das fett von den fingern.
der himmel über der innenstadt fault
wie ein stück roher schinken.
später schillert auch in diesem vorort
ein regenbogen ins dunkel
& die betonbäume reden mit dir.
wenn du nass wirst, lehn die stirn
an eine gläserne wand
& ruf aus deiner zelle in leeren wohnungen an:
der anrufbeantworter steht unter wasser.
dunkle zimmer, in denen das rauschen
des regens verhallt.
später fährt die nacht ihre lichtorgel hoch:
aus einem fenster ohne lampe
schneit ein groovendes funkriff zur straße herab
& der rhythmus treibt dich weiter.
er hilft dir beim gehen.

sonntag

am sechsten tag schuf g. den menschen
& war abends betrunken.
dann morgens am telefon die zeugen jehovas.

im ausgeleerten zimmer
            sirrt fernsehbildblau der himmel.
das licht ist so stumpf,
            daß ich nicht einmal blute.
kalter schweiß wird schal in der sonne:
            kühl lagern.
mein leib löst sich in fetzen von der haut.
eine lerche scheißt auf mein herz:
            es ist frühling. könnte auch eine amsel sein.
            was weiß denn ich.
der untermieter schlägt an die schädeldecke.
            ich ziehe sie mir über die ohren.

ein tag wie ein bohrer im mund.

pekinger nachtstück

Pink memories
foul the air like putrid corpses by the road
Li Jinfa, Nocturne, 1922

abend tropft aus der schwefelgelben sonne
wie zuckerwasser, in dem kürbisfleisch treibt.

die hitzewellen aus kohlensäure schlagen
gegen die haut, tag & nacht

rauscht die brandung der ringautobahn durch dein blut:
träum von straßen im fünften stock, einem wort

in vier lagen. wie körper stehen die zeichen in den straßen.
mit amputierter sprache starrst du menschenleiber an.

dein nacktes auge sucht halt im text ihrer gesten.
blicke blitzen zurück, ein stoff, der dich leer läßt.

erinnerung an fleisch in deiner sprache,
über china gelesenes fault wie leichen

aus ihrem grab im hirn aus schwefellicht:
bei nacht begegnest du geliebten toten.

am tag liegt wächsern mao vor dir,
untot in seinem mausoleum. draußen

erwartet ihn die plastikpuppe von colonel sanders
lächelnd vor dem kentucky fried chicken.

staatsgründer. firmengründer. gründerzeiten.
ein traum, der nicht deiner ist, erstickt deinen kopf

wie der geruch des kanals vor dem fenster.
ein stück weiter kaufst du fische mit silbernen bäuchen

nachsaison

ein motorrad zerschmettert
auf dem weg nach hause.

ein radio zerbröckelt
im grau einer küche.

gedichte zerschnitten
im fotokopierer.

wozu abschied feiern
vor dem weg in die anstalt.

noch vor dem ersten regen
zerfällt der schaum auf dem bier.

JAN WAGNER
champignons

wir trafen sie im wald auf einer lichtung:
zwei expeditionen durch die dämmerung
die sich stumm betrachteten. zwischen uns nervös
das telegraphensummen des stechmückenschwarms.

meine großmutter war berühmt für ihr rezept
der *champignons farcis.* sie schloß es in
ihr grab. alles was gut ist, sagte sie,
füllt man mit wenig mehr als mit sich selbst.

später in der küche hielten wir
die pilze ans ohr und drehten an den stielen –
wartend auf das leise knacken im innern,
suchend nach der richtigen kombination.

haute coiffure

der goldene schraubstock des spiegels hielt den blick:
sie mit roten nägeln, ich mit weißem
tuch bedeckt wie ein museumsstück.

dicht über meinen ohren zwitscherte
die schere. oh duftende dienerschar
von cremes und flakons! das wasser plätscherte,

doch unten rotteten auf glatten fliesen
die flusen sich zusammen gegen uns,
ein stiller mob mit einem alten wissen.

draußen heulten hunde, frisch geschnitten
sträubte sich mein nackenhaar,
und in mir riß der wolf an seiner kette.

gaststuben in der provinz

hinter dem tresen gegenüber der tür
das eingerahmte foto der fußballmannschaft:
lächelnde helden, die sich die rostenden nägel
im rücken ihrer trikots nicht anmerken lassen.

herbstvillanelle

den tagen geht das licht aus
und eine stunde dauert zehn minuten.
die bäume spielten ihre letzten farben.

am himmel wechselt man die bühnenbilder
zu rasch für das kleine drama in jedem von uns:
den tagen geht das licht aus.

dein grauer mantel trennt dich von der luft,
ein passepartout für einen satz wie diesen:
die bäume spielten ihre letzten farben.

eisblaue fenster – auf den wetterkarten
der fernsehgeräte die daumenabdrücke der tiefs.
den tagen geht das licht aus,

dem leeren park, dem teich: die enten werden
an unsichtbaren fäden aufgerollt.
die bäume spielten ihre letzten farben.

und einer, der sich mit drei sonnenblumen
ins dunkel tastet, drei schwarzen punkten auf gelb:
den tagen geht das licht aus.
die bäume spielten ihre letzten farben.

ANNETTE BRÜGGEMANN
Engel halbtönern

Schlafe im Tulpenverschlag,
Taubenverschlag,
milchverglast, Fensterrahmen
haben Milchbart oder so.
Sternblumengewächs in den Armen
tragend, im Kleid festgebissen, im
Blümchenkleid glotzen Engelsaugen,
wohl Hundeaugen mich an, *diese*
Schwerkraft ist mir verhasst, sage ich,
grabe, klammere mich durch Teppichhaare,
wassertrinkend, immer wassertrinkend,
saufend, soviel verfallen, gestolpert:
mouse-trap sozusagen –
MOUSE ON MARS?

Und dann steht der Morgen da:
so unverklebt, unumgänglich.
Jungfrau in Grün oder so.
Geheimnisvolle Aporie dieser Blick,
flüstert eine Stimme an mein Ohr,
so ungefrühstückt

»nur die Irrfahrt bleibt täglich, drüben
die Vögel tönen und der Morgen ist schön«
(Reinhard Priessnitz) oder:

Blaue Versatzstücke kommen von oben

Streiche die Häuserwand entlang,
WIENZEILE, schwarze Wimpern auf meinem
Gesicht, ein Schutzumschlag, bin vorsichtig,
Zellophanpapier zu meinen Füßen, den Weg
zu verlassen, sich verlassen auf das, was kommt,
spreche leise mit dir, Sprache *fremd dort draußen*
und auf den Bergen fällt der Schnee fällt der Schnee,
sage ich, erkenne dich kaum,
rede weiter, eine Zigarettenlänge bleib, zu erinnern
dieses Zimmer, diese Stimme, sich verlassen
können auf den Weg ... *zwar glänzt ein wenig*
heute nur herunter & eng schließt der Himmel uns
ein ... STERN noch auf dem Tisch gelegen,
dein Arm, über dem Fensterbrett fallen Silbersplitter,
Zauberstücke, eines Morgens, wohl Zeichen einer
anderen Welt & male diese blaue Linie auf den
Holzfußboden meines Zimmers weiter an der
Häuserwand entlang

ich höre Flügelschlagen, das Geräusch der Blätter,
bin mit Fell umgeben, goldenes Licht, eine
LEUCHTSCHRIFT:

deine grünen Augen, bin ganz verknäult
in deine grünen Augen, laufe um die Wette,

wie das Herz, sage ich, sehr kostspielig dieses Leben,
Engelrevier und mein Kleid raschelt, als
ich den Raum verlasse, in dein Ohr geflüstert:
weil ich ja nicht weiß warum

(für Friederike Mayröcker)

»Sie schlummert, er küsste die Wangen, / Sie glühten von heißem Verlangen, / Erhitzet, o Gottheit, von Dir, / Nach sterblichen Küssen von mir, / Da saugte mit atmenden Zügen / Annette das größte Vergnügen / Der Träume der Mägde erfreun, / Vom Munde des Göttlichen ein.«
(Johann Wolfgang von Goethe: »Buch Annette«)

an annetten, dia chronisch 1

a-aber annette, dein blonds haar, deine hoch-
gestellten herrchen, im nacken, ausgefranseltes
PARDON, aufgestecktes, mit tapetenblumen,
-kleister, scharf,
mit die schere ausgeschnitten, dein name,
kleine nummer,
beim nachtportier PERDU,
hinausgelegt zum trocknen,
deine pralinenaugen, auf, auf-
gefressnes konfekt-
ionsgröße 38/40, *haute couture,* dessous, lack, die
fingers rein-, gevögelt bis zum kotz-dich-aus, musterbrust, ach,
mutterbrust, deutsche geschichte steckt im (»wo bitte?!«) –
im wald (»dieses Geräusch tausender Reißwölfe einer un
sichtbaren Institution die jeden lebendigen
Augenblick frisch vom Körper weg wie Papier
kram verschlangen«), da hast du's s/w, im DIN A4-
format, chlorfrei gebleicht, *dein haar so rot,*
so blass, mein kind

Spreche Jägerlatein

Den Kopf angelehnt und
das Augengrau,
mein schneeumstochenes Rußgesicht,
grünumrissene Lippen
vis-à-vis gezeichnet
im durchleuchteten Plexiglas.
»MUNDFÄULE« bekennt der Arzt
(Zahnarztgesicht) »wohl Sprechblasenplombierung«.
Great Vowel Shift betrifft nur Langvokal drum
a - - -

»-bendliche Milchbarfiktion (Milchzahn?)«, sage ich,
»so eine Milchstraßenmanie«.

NICO BLEUTGE
peilung

der blick steckt das feld ab sein schweifen
nimmt sich die zunge zum maß die greift ein

silbig sand auf und kreuz und blech und schild
um schild kratzt sie die namen zusammen

farbschichten blöcke strähnen von lehm
auf den gräbern verschmiert ... *unser vater*

schütze seine trockene haut eine hölzerne
ziffer ... *die hände* der blick schmilzt langsam

kriechen die finger den stein entlang schleifen
und kränze rosen aus grobem vergilbtem

stoff streicht die spuren ein licht fällt noch
senkrecht auf die granitfläche der staub hält

die namen verschlossen der mund sucht
was morsch ist feucht zu machen und still

löst haut sich vom gaumen die stimme

eine kuppel ein schnitt

grauer plan ein halbkreis
unter kuppeln schräg gewicht
eines bogens höhe die sich
raum ausmißt

trägt sich der bau bedeckt
in färbung: mildes blau ein rot
ton kleiner kammerzweig
verästelt ins feinste bis

stränge nach zarter drehung
mehrere querschnitte zwischen
den schenkeln das maß
ziffern und richtungen deuten

fluß an von winzigem durch
kanäle gedrückt ein windungs
zugriff nurmehr: verhäutetes nähte
bündig den saum läuft ein auge

einzeln entlang

drei skizzen

(1)

nebel, die schmalen zeilen
der bäume, ein hochsitz, nach einer weile

ein zweiter, vom zugabteil aus
schneiden die augen ins leere

klebriger seiten, saugen sich fest
an den worten: *das rauschende wasser*

war still

(2)

dämmernder see. und die gischt reibt sich
wund an den ufern, nur das leise schnarren

der takelage auf den segelbooten
mit der handvoll gelber jacken, die starr

vor dem wind hängen

(3)

dieser blick zwischen mir
und der dunstigen scheibe

griff er hinaus, ein flacher schnitt
in die falten der landschaft

schlesische nacht

immer die schneide fest im gesicht und immer
die hand an der gabel hartem griff er schiebt
mit seiner abgebrannten fingerlunte jenen schaft
in die tasche immer weiter geht der mantel dann
dunkel durchs fenster ein und aus er sieht sich vor
und neben den bettpfosten stehen holz denkt er
sich aus den taschen läßt den schluß den roten
zündholzkopf im futter glühen und darunter die haut
fängt feuer schnell und immer mit dem quervermerk
im hellen stoff die schneide im gesicht *das brennt*
wie zunder ja das frißt dir noch den letzten knochen
ab *wir wollen hoffen, daß es stimmt* das stimmt
ja immer noch und außerdem ist es mir eine *lust*
bei toten stets zu leben wie die flammen plötzlich
gehen wollen abgeräumter platz ich hab den schneid
in meiner hosentasche den *marinehimmel* im visier
verschränkt ein leichter strudel der gedanken doch
wen kümmerts ob hier einer haften bleiben will

MARCEL DIEL

ebernhahn I: *lage/bestimmung*

vom hang an talwärts fliessend breitet der ort sich unsymme
trisch das zentrum am nördlichen ende ringsum in felder
der barsche himmel spannt sich und brandet über
die hohen hügel in unbebaute äcker münden
gefräßige tongruben stürzen und steigen
auf halden hinaus und ertrinkt in
zäher luft bis wieder hinauf an
den waldrand lässt ferne lässt
tiefe – und wegkreuze die
auf geschichte verweisen

hier

es ist ein schwerer wind
der sehnsucht macht

verharren &
fortlaufen bleibt
sich gleich

das vergangne kennt bilder
die nagen
am inneren ort

die ätzen
ein eben gedachtes
fort die bleiben

erstarrt &
beweglich
zwischen den hälften des

kopfes ein minenfeld
wenn man die sogenannten
experten im hier

daranlässt
die sind krebs
im zerfressenen heim

menschen können das

einfach verschwinden
plötzlich einfach nicht
mehr da sein weg sein
fort sein ohne
nachsendeauftrag
postlos fort sein
ihr haus einebnen die
spuren im staub verwehn
abschliessen gehen ohne
blick zurück und
weg sein nicht mehr
erreichbar sein sich dem
vergessen anfreunden
lächelnd gehn oder
traurig mit glitzerndem
blick die augen ganz weit
geöffnet und leise ganz leise
dem anderen deuten dass dies
eine treffen für eine zeitlang
oder für immer das letzte war
sich umdrehn und gehn und
nicht mehr da sein das
unausgesprochene lang schon
mit sich herumgetragene
nächte durchwachte eine wort
nun einfach *nicht* sagen
zum trotz oder spott
einfach behalten und
mit sich nehmen und keinen
abdruck und keinen versuch

eines echos am ort hinterlassen
nur gehen sich wenden und
gehen und weg sein fort sein
für kurz oder immer das
können nur menschen

festketten muss man sich
an die welt dass man nicht
ebenso einfach ebenso plötz
lich nicht mehr

in die cafés verlaufen vor hitze

fliehende menschen suche nach
provinz schatten der bäume
schatten des kirchturms
hoher läutender backstein rauschend
geräusch und farbe im frühen
abend durch grüngelbe dächer
am kaiserplatz neben dem mahnmal
picken die tauben verstreut die menschen
die zeitlos schönen menschen der stadt

wahlplakate die künder der zukunft
es kommt wieder aufstieg
es kommt konjunktur
es kommt wieder herbst
ich wechsle die farbe ich wechsle
den blick das aussehn ich
bin ein baum ich spende
schatten ich bin ein schirm
ich schütze vor sonne ich bin
die bank der tisch nimm platz

die menschen sind kühl wie luft
bewegend als wind sich durch mich
hindurch bewegen sie mich
muss ich aufstehn muss weiter
ich komme wieder
ich komme nicht wieder
glocken stopfen die stille
machen sie satt

NICOLAI KOBUS
der dichter

i've been to the zoo.
i said, i've been to the zoo.
MISTER, I'VE BEEN TO THE ZOO!
Edward Albee

geübten gangs der immergleichen schritte
(was dich am gehen hält, ist keine raserei
von außen das umkreisen einer mitte
von innen sind dir kreise einerlei)

vergleichst du dich mit tieren hinter gittern
mit großen katzen vorzugsweise, die noch jung
und doch schon abgestumpft bis auf das zittern
in feuchten flanken vor der fütterung.

das bild ist schön (der blick unendlich müde
das fell von seidenmattem glanz) und hält
was es verspricht, die edle attitüde:
gefangen und gelangweilt von der welt.

du vergißt: die tiere kennen es nicht anders.
im zoo geboren, ist der zoo die welt.
auch wenn du noch so lange wanderst
der käfig ist, was dich am leben hält.

und doch siehst du dich so an trüben tagen
und fällst auf diesen schönen schein herein.
nicht im herzen, nein, in deinem magen
hör'n die dinge auf zu sein.

man wirft dir fleisch tagtäglich durch die stäbe
zu fressen hast du also, und warum
wünschst du dir, daß es keine stäbe gäbe?
die freiheit bringt dich doch nur um.

die kunst der fuge

Über dieser Fuge, wo der Nahme
B.A.C.H. im Contrasubject angebracht
worden, ist der Verfasser gestorben.
Carl Philipp Emanuel im Autograph
zu BWV 1080

mehr kerzen magdalena ich muß schreiben
solange ich noch sehen kann und die bouteille
mit branntwein gegen das geplärr der bälger
magdalena du bist jung und ich ein grauer
star den keine sau mehr singen hören will
aber das hier muß noch fertig werden anna
magdalena deinen namen liebe ich
fast mehr als deinen atem bring das zeug zu mir
ins nebenzimmer anna hätte ich ein
N auf meinem manual ich spiegelte dich
wie ein thema in perfekter symmetrie
die ordnung anna weißt du dieser große plan
worin sich alles fügt und trotzdem klingt ich
brauche jetzt die kerzen und den schnaps ich habe
messer in den augen magdalena du
weißt nichts von den schmerzen wenn ich schreibe aber
glaub mir jede note sticht mir bis ins hirn
die netzhaut anna ist poliert wie ein quadrat
aus kupfer daß der tod mit kalter nadel
morgen seine sarabande darauf tanzen
kann dein name magdalena gibt nichts her
für einen contrapunctus also setze ich
mich selbst den linien entgegen als ein
B wie deine brüste anna und ein hoch

auf deinen A ... auf deine anmut wie ein C
centriert in einer fingerübung ohne thema
Hautnah daumen neben daumen tief im graB
ach magdalena alles flüchtet doch davor
und strebt doch darauf hin so eng zu liegen
in der dunkelheit das licht hat keine farbe
noch helligkeit noch wärme anna wenn nicht
die verdichtung der materie dafür sorgt daß
mehr kerzen magdalena ich muß weiter
schreiben fertig werden anna noch nicht schlafen
jetzt noch nicht mich friert und die bouteille ist leer
das muß doch noch gespiegelt werden umgekehrt
wie sähe das denn aus wenn dieses fließen
plötzlich abbricht

jimi plays monterey

jimi linkerhand *mr. speed king* der mann
mit den tausend löchern im arm sein blut ist tau
von den göttern JA ICH WEISS WOHER ICH STAMME
er trägt ein mal auf der stirn den zehrenden kuß
von *sister morphine* sie geht durch die wolken
und er folgt ihr hinauf in höhere schichten
die dünnere luft auf der bühne die mühe
– arbeit des atmens wie in der nähe
größerer brände *let me stand next to you*
fieber seit wochen ein verschleppter infekt
in den mürben knochen diese müdigkeit
noch keine dreißig kaum nennenswerte nahrung
seit tagen UNGESÄTTIGT GLEICH DER FLAMME
sein gesicht bis zur kenntlichkeit deformiert
vom inneren drängen der alkaloide
kein thema er schüttelt routine aus dem ärmel
aus dem zitronengelben rüschenhemd
paar pittoreske posen für die kamera
als *voodoo chile* schamanenrituale
bißchen brandopfer gefällig *(slight return)*
der brennstoff ist feuerzeugbenzin ein zippo
die initialzündung *made in the u.s. of a.*
i too sing für nichts GLÜHE UND VERZEHR ICH MICH
nach ruhe und ein wenig hinterlassenschaft
bei all den gestalten dort unten im rausch
ihrer großen kollektiven verlassenheit –
you've gotta make them dream von anderen welten
verzauberten steinen engeln die treppe hinab
steigend dem scheitern entgegen den ebenen
und rasenden najaden kapiert ihr das nicht

die gitarre bin ich *watch me burn* orpheus
enlighted die brennende leier selbstentzündung
mit der linken hand LICHT WIRD ALLES WAS ICH FASSE
sechs saiten kopfüber noch immer unter strom
das feedback eine kettenreaktion es ist krieg
ein hochplateau in flammen rauchsäulen
bis in die stratosphäre über den köpfen
der leute im auditorium geschützgarben
flugzeuge fallen vom himmel die erde
bricht auf flüsse treten über die ufer und er
wirft die leier in die fluten lauscht dem rauschen
durchgebrannter röhren aus verstärkertürmen
hinter seinem rücken KOHLE ALLES WAS ICH LASSE
und geht schlafen zwei jahre später jenseits
des atlantiks übernachtet bei freunden in hotels
zwischen rotterdam und london spielt noch
mit kindern auf dem teppich in der diele
ein netter junger mann mit schlafproblemen
– zwei vesperax normale dosis genug
für ein pferd *ride on* doch diesmal neun er braucht
den schlaf was jetzt noch brennt ist magensäure
die schäumt bis in den rachenraum und frißt
wie feuer sauerstoff aus allen atemwegen:
FLAMME BIN ICH SICHERLICH

amabilis insania XIII

... wie ein stern aus eigner schwere
sich im teilchennebel selbst formiert
und sogleich in einer kräftekehre
wieder an sich selbst verliert,

als ob beim rühren in der kaffeetasse
plötzlich alles am ereignishorizont
hineingeriete in den sog der masse,
wo im zentrum die idee der schwärze wohnt,

kollabiert frühmorgens ein sekundenglück
(aus restlicht, eingekrümmt vor lauter mühe
abzustrahlen aus geträumtem trümmerfeld)

wie ein perfekt geformtes zuckerstück,
das ungerührt in abgekühlter brühe
endlos lang in sich zusammenfällt.

BEATRIX HAUSTEIN
müde waren wir u. schliefen mit dem licht

unsre ellenbogen waren rötungen
verstossene wärme u. zu
neigung wir hatten hunde arme
treuediener u. katzen die wieder
kamen wenn sie sich rum
getrieben sie haben sich

nicht von uns unter
schieden wir sind uns auch
treu geblieben wir waren mager
u. verzweifelt u. hingen
am einzigen licht abends u.

nachts schliefen wir an leuchtstoff
an röhren den kopf schief an
gelehnt u. dann irgendwer (u. irgendwann)
griff in die fassung
oder hing am heizkörper dran

wie ein hund mit dem strick
um den hals wir suchten
das glück

das war ein spiel ein trauriges lied

Heilig Heilig 2

ich trage Vaters Ledergürtel um die Hüfte und Absatzschuhe
ich habe Weihnachten abgeschafft
weil mein Vater immer den Weihnachtsmann spielte
und den habe ich erwürgt
da war ich zwölf
ich hasse Weihnachten:
mein Vater spreizte die Beine des Huhns
und zog die Eingeweide heraus
dasselbe tat er dann mit mir in der Neujahrsnacht
damit ich nicht vergesse
was mich das folgende Jahr erwartet
und flüsterte mir ins Ohr:
Schönes Neues Jahr
nach dem Huhn verschlang ich eine Kiste Weihnachtsmänner
aus Schokolade
zum Kotzen
im Frühjahr verschonte er mich
da gab es genug nackte Frauenbeine
aber im Sommer dann die Panik:
die Frauen in ihren Stöckelschuhen waren ständig größer als er
da schlug er mich mit seinem Ledergürtel
da rutschte ihm die Hose herunter
da war ich sein Huhn
und ich fragte mich
warum ein Huhn seine Flügel nicht zum Fliegen benutzen kann
da glotzte mich ein Engel an
sprach:
heilig heilig
da kotzte ich auf sein goldiges Lächeln
und wurde älter und größer

da hatte mein Vater meine Absätze in den Augen
da war er mein Huhn
da drehte ich ihm die Gedärme um
und flüsterte ihm ins Ohr:
das war dein letztes Jahr
und band ihm seinen Ledergürtel um den Hals
und hängte ihn an die Kirchturmuhr
da schlug sie zwölf
da war Weihnachten
und ich sang:
heilig heilig
ich trage Vaters Ledergürtel um die Hüfte und Absatzschuhe

wir sprechen nicht mehr über unseren schlaf.

wir liegen nackt
in unserem leeren raum.
die telefonkabel sind fest
um unser haus geschnürt.
wir wissen nicht wie wir uns
erreichen können.
wir haben nacht. wir haben
keine fenster. nur eine lampe.
manchmal nehme ich die lampe
und helle dein gesicht auf.
ich versuche es zu berühren
aber ich komme nicht an.
wir haben aufgehört über
unseren schlaf zu sprechen.
über unsere müdigkeit. wir hören
die schneeflocken krachen.
wir sind müde vom schlaf aber unsere augen
gehen weiterhin rückwärts.
jeder von uns sitzt sich selbst gegenüber
und versucht ineinander zu schauen.
nur während du schläfst frage ich dich
ob du mein geschlecht berühren könntest.
wir fragen nicht mehr
warum wir müde sind.
wir drücken unsere augen aus
und trinken.

Einen Tag in *Morgenröte Rautenkranz*
der Himmel schwarz die Sonne gelb

wir haben im teich herum
gestochert mit einem kurzen ast wollten
wir wissen wie tief
das wasser reicht wir

haben die schönen schwäne aus
ihren territorien verscheucht über
die wiesen gejagt den raben
die flügel gestutzt das war
zu viel schwarz auch

der himmel schwarz *der verspricht*
und verspricht wir

sahen gagarin an *vaterunser der du bist*
im himmel das war
ein foto wir fragten
nach dem *glück* die sonne
im genick drehten wir
im kreis *eigentlich wollten wir doch*
alle kosmonauten werden
und deine augen blau wir

spielten *murmeln* warfen die kugeln
gegen die wand
trafen kugeln rollten zusammen
blieben verwunden wir
versprachen den himmel uns nicht

Morgenröte Rautenkranz ist ein Ort im Vogtland, wo 1937 S. Jähn geboren wurde. Es existiert dort ein Kosmonautenmuseum. Als Kinder im Ferienlager Schönheide mussten wir jeden Sommer nach Morgenröte Rautenkranz wandern, manchmal fuhren wir auch mit dem Bus.

ALEXANDER NITZBERG

Der Musenkuß

– für Peter Rühmkorf –

Die nächsten neun Ampeln brannten rot,
schlugen schwer in die Augen,
verschossen des Lichtes schrilles Schrot,
begleitet von dumpfen Pauken.
Die nächsten neun Monde pulsierten und pumpten
Blut durch gepunktete Nacht.
Und im Dunkeln wurden auf den zerlumpten
Bergen Wunden entfacht.

Das neunte Weltwunder ward vollbracht.
Neun kleine Negerlein sind gewirbelt!
Da waren es nur noch acht!
Und wieder neun! – im wilden Verwirrbild.
Und niemand nahm Notiz vom Nebel,
der in nächster Nähe naß glitt,
bis ihn eines Türspalts dünner Säbel
in zwei zappelnde Hälften zerschnitt!

Autos, zu müde, um Schimmer zu streun,
streunten auf purpurnen Spuren.
Da zeigten plötzlich von neuem auf »Neun«
neun kichernde Kirchenuhren.
Und jemand schrie jäh vor weißen Büsten
– sie standen starr um ihn rund –
und wußte, daß ihn auf die Kehle küßten
neun Musen mit marmornem Mund.

Clair de Lune

Ich strecke die Hand durch den Ast
und schließe die Zweige zur Faust:
Wie angegossen er paßt.
Ob auch in mir jemand haust,

der seine Hand durch die meine
zwängt und sie zappeln läßt?
Die Winde verursachen feine
Bewegungen im Geäst ...

Doch wer verursacht die Winde? –
Sie wehen herum den Staub,
sie zerren an meiner Rinde,
rütteln an meinem Laub.

Da zog ich zurück die Hand
und sperrte weit auf den Mond,
der lange noch offen stand
ferne am Horizont ...

Der Übergang

Da sprang die Ampel um auf Grün.
Ich aber merkte: es war Rot.
: Denn mitten in dem grünen Blühn
erzitterte der rote Tod.

Ich überschritt die Straße *doch.*
Und überschritt sie dennoch nicht.
: Die Ampel war ein hohles Loch,
und daraus floß ein gelbes Licht.

Ein Auto auf der rechten Spur
stand regungslos und seltsam hart.
: Ich aber spürte, daß es fuhr
und wußte nichts ob seiner Fahrt.

Da ward mein Herze ein Motor.
Da ward mein Blut ein schwarz Benzin.
Und Hupen steckten tief im Ohr
und waren nicht herauszuziehn.

Nitzberg-Kugeln

Da nahm ich zwei Pistolen
und setzte sie mir an die Schläfen,
daß die Kugeln in meinem hohlen
Kopf aufeinander träfen.

Es waren einmal zwei Kugeln,
sie hatten einander so lieb,
sie konnten zusammen nicht kommen:
der Schädel war viel zu solid.

Nein, ... anders: Das hörten zwei Ohren
und ließen die beiden hinein,
da haben die sich verloren
in dem dunkelen Kopfe mein.

Konnten zusammen nicht kommen:
Ich habe zu schlecht gezielt:
Vielleicht war mein Blick verschwommen,
oder ich habe geschielt?

Oder aber: Sie trafen
sich doch ... irgendwo im Raum,
sind auf ewig entschlafen,
ich aber merkte es kaum ...

Meinte vielleicht noch, ein ferner
Gedanke durchzucke mich leise,
es gäbe im All noch Sterne,
die sich finden auf ihrer Reise ...

ADRIAN KASNITZ

kindergewitter, kölner bucht

für harald gröhler

die blitze im rahmen / es donnert / mach
das fenster auf kipp / mach das fenster zu / du
sollst schlafen und nicht zittern /
schließ die augen / grüne blitze / ausgefranst /
so ausgefranst das land / die stadt als fähre
im sturm / das haus gegenüber als gefährte /
vogel flieg / singst du / vogel flieg /
grüne blitze / und die schwalben unterm
traufstein sind bang / gesangslos

am becken

der aggregatzustand deines gesichts wechselt
wird flüssig im schwarzlicht
familienfotos zur entwicklung später hinter glas

und doch: aufgelöst stehst du vor der spiegelfläche
dein haar in wellen / die haut unschlüssig

du tauchst den kopf in eine schüssel
das wasser in rinnsalen auf deinem rücken
wenn du dir strähnen in den nacken wirfst

und der fön säuselt bei stufe 3
trocknet das haar / die filme in langen streifen

dieser dienstag
erinnert mich zwangsläufig
an von brücken fallende lkws
die sich mühelos überschlagen
an die tektonik von betonplatten
aus deren ritze sand rieselt
an den nervenzusammenbruch
eines freundes im besten
mannesalter von 24 jahren
an diesem dienstag
flattern farbig nur europafahnen
ich schaue auf die geschwärzten
gebäudeflächen der stadtansicht
auf das besänftigende weiß
von krankenhauskitteln

der garten von průhonice

für klára humhalová

im beton der die stadt
umsäumt / benutzten wir zigaretten
statt der abschiedshülsen

der fluß war weit und er floß unaufhörlich
zu der stunde / als ein kind ertrank
traten wir aus deinem zimmer in das ende

der zersplitterten stadt / ich kaufte haß
aus papier bei den straßenjungen
und du zerschnittest zeichenblöcke

darauf striche / in schwarz
deines geliebten gartens aussicht
und das sich ihm bedrohlich nähernde

KATRIN ASKAN

Der Fuchs ist tot

er hat sich umgebracht
beim dritten Amselschrei
an die Antenne gehängt
von Satelliten gefunkt
pünktliches Schlußröcheln
zur Sendezeit

Mit Sonnenwinden
segelt der Fuchs ins All
halb Welle halb Teil
verschwimmt das Abendrot
seines Fells entfacht
am nutzlosen Brennen
eines fernvergeudeten Sterns

Zieh dahin lieber Fuchs!
ins Gebirge aus funkelndem Raum
in deine Augen gewölbt
die gespiegelte Welt
folgen wir seitenverkehrt
dem der es wagt
und erlischt

Das Damoklesschwert
saust kreuzweise nieder

erschlägt drei schöne gelbe Äpfel
und einen Menschenleib

es ist nicht blind
es weiß wen es trifft

vom Kerngehäuse befreit
zur Austreibung der Langeweile

legt es den Schmerz bloß
über der Stadt

An der Kandare

1.

Vier Mal
trifft Eisen Stein
für einen Schritt
von hier nach da

Ich bin ein Fluchttier
das immer
das Weite sucht
scheue vor Lärm
und wähle Orte
nach ihrem Duft –

Mich treibt die Zeit
mit tickenden
Fingern im Maul
die Zeiger gegen
Flanken gepreßt
schlägt meine Stunde
vier Mal
Eisen auf Stein

Alte Rechnung

Der Prinz nahm die Mühe in Kauf
Brach durch Dornengestrüpp
Er suchte die Braut
Suchte sie heim
Und war erlöst
Sein Auftrag war erfüllt
Seine Art würde fortbestehen
Er ruhte aus
Und wollte von ihr
Ein angenehmes Leben
Das hatte er verdient
Ihr Schmerz schien ihm beiläufig
Das will die Natur
Sagte er
Und wohnte in ihr
Das will die Natur
Dachte sie
Und wählte einen Dorn
Für sein Herz

UDO GRASHOFF

immer, wenn ich mich aufrichte,
schlägt das Gewitter in mich ein,
doch mein Baum ist nicht tot zu kriegen,
weil seine Schale versteinert ist
schon beim ersten Schlag –

jedes Mal, wenn ein Stück davon abfällt,
ahnt man dahinter ein kleines,
in Richtung Kühnheit gedroschenes Herz

Erst wenn du kommst und ein Streichholz anreißt,
flackern die Pferde und Rinder auf, die ich
an die Wände gemalt hab, die Körper
bäumen sich, rütteln das Zimmer

ich muß diesen unerträglich sanft
durcheinander blickenden Tieren, ich muß ihnen einfach
die Köpfe der Reihe nach abschlagen

rasch ziehst du dir einen Vorhang
vor den Schoß, daß man denken könnte
du wolltest etwas verstecken, ein kleines
Jagdschloß mit Wendeltreppe, und Seeluft
zwischen den Stufen

Wind, der durch ein entkerntes Gebäude geht,
Nachhall von Körpern, Gesichtern,
sie rufen, entfernen sich, rufen

sie haben es hingenommen,
daß ich mich in ihre Filme gestellt habe,
um ein Stück Schnee zu verteidigen

vor ihren Schritten,
den quietschenden Sohlen
an meiner Brust

THOMAS KLEES

bis zum äußersten

reisend nicht mehr
zu wissen woher will
ich spurlos werden mache
mich klein in den jahren
bringe in eigener sprache
nur noch über die lippen
unverständliches bestreite
gleich hinter der grenze
jeden beweis der mich
findet in heimat
bis zum äußersten

in der s-bahn aus potsdam

vorbei an einem see
voller boote in der sonne
finde ich uns auf dem wasser
kann nicht mehr lassen
von küssen
auf hölzernen planken

verspreche was ich nur
kann

legenden

shanghaite seekönig ich
an wochenenden in zügen
legte mit geschlossenem mund
wasserlieder in die ohren befahl
dann seegang unter jeden fuss
bis schritten taub war fester boden
und ich tat mit einem nicken nur
in tausend flaschen grundlos meer
das tief dort tauchten fische
und man sah in dunkles damals
wie betrunken

vielleicht

nur das was war
und davon kaum etwas
anderes vielleicht dass wir
nicht mehr weiter umeinander
herum redeten endlich öffneten
die münder so nah wir konnten
sprachen mit einer zunge schnell
gegen jeden atem uns brachten
durch winterne leder zur haut
fanden was wir suchten fielen
auf fingerspitzen uns ganz
in die hände und weiter
nur das was war und
davon kaum etwas
anderes vielleicht

HELWIG BRUNNER

Vorsätzliche Taten, bevor ein Satz
zu Ende ist, bist du längst in andre
Anfänge verstrickt. Viel gesagt, viel
gehört und viel vergessen. Drinnen,
die Erinnerung, bleibt die Deutlichkeit
einzeln, ausgesprochene Muttersprache.
In den, so heißen sie, Venen kommt
das Blut. Freund, wenn du durstig bist,
dann geh und gieß die Blumen.

Hinterhof. Kleine Walderinnerung

Das Unwegsamste ist der Weg, die Tür des
Schuppens steckt im glatt getretnen Schnee.
Ich gehe außen entlang, wo Reisig, altes Gras
die Füße halten. Da ist der Zaunkönig, ratternde
Rufe, so mausbraun im Eis. Scheite unterm Arm,
ist schon Wärme erzählt, das letzte Wort der Bäume.

Schlaf im Feuerbett, verlass
den Körper durch sein Porenkleid,
verabschiede dich mit dem Rauch.
Wir suchen Kühlung, ins Blaue
aufsteigend verblassen wir. Gut,
dass wir an Träumen verankert sind,
die uns rechtzeitig eintauschen
gegen die Abwesenheit. Morgens
wars dann der Tau, der uns löschte.

Echolot. Luftlinienschrift (2)

Die Fledermäuse, an ihre Laute gedacht,
unhörbar, das Horchen also hinein in eine
Stille, die keine ist; sie ziehn den Blick
in den Dämmerhimmel, das Zickzack ihres
Flatterfluges, samtpelzige Beinahvögel,
die mit den Ohren schaun: Bilder hören.
Wenig später sind sie entzogen, entflogen
hinter die schwarze Jalousie der Nacht,
gesättigt an den Blindstellen des Echos
und ich denke sehr banal, wie wenig ich
auslote mit Worten.

RON WINKLER
dem ersten Hund im Weltall

ein gelungener Zuchtversuch
in Blech gedrillt,
Haut aus Titan,
weiblich einmal, Rüdentraum

Laika, Asbest jetzt im Nacken,
zwischen den Beinen
die Leinen der Katheder und Kabel,
die das Ende der Welt verbinden,
Ariadnes Radar

eine ganze Evolution für diesen Moment,
die Utopie, sich zu sehen
von wo man am kleinsten ist

die Kapsel im Magen des Schwarzen
Sees ein blinkender Staub,
das Blaue darunter vergänglich
wie Machorka in russischen Wintern

ironisch belächelt
die Erde der
Menschen im Auge des Hunds
nicht größer als eine Laus

dann das Bellen im Absturz,
das niemand verstand:
»hier, haarlose Tiere, liegt euer Hades«

uniton, monoform

Standbild: Blick zum Appellplatz,
den Kopf in Phrasen geflaggt
zu erfahren, wer wir wofür sind:
früh verreifte Soldaten, gepflügt
von den Sicheln im Wind

fast täglich ging ins Auge der Stechschritt
eines verdienten Vereisers der Republik,
als Gruß an die Politik in den Staat gehalten,
vor leuchtenden Wimpeln, stoischen Augen

hier war das Ich ein Kollektiv
in weißen Blusen, blauen Hemden, grünen Röcken,
gelehrt, sich auf Zuruf zu sammeln.
mit Blech am Revers
gelehnt an einen ummauerten Himmel

Matrosen, im eigenen Land auf schwankendem Boden,
geschröpft und versehrt zwischen *Schild und Schwert*

der geplante Palast
erstickt unter geistigen Hütten

Kontingenz

1
in den Schaufenstern vibriert
das Pochen der Fußgängerampeln
vor den Stöcken der Blinden
bellt Licht Arroganz
gießt sich die Zukunft in Marmor.
am Ende eines Millenniums Flucht ins
Geräusch, die alten Fragen
»wo führt das hin?« und
»was ist ein *schwuler Film*?«

2
gekonnt uns durchlächelnd
in diversen Szenen
ambig zwischen gewagtem
Theater und Komischer Oper, Comedy
und mediobourgeoisem Talk ...
cross-court durchs Leben
in Tagesausflügen zerstückeln wir die Stadt

3
seltsamer Abakus –
im Rhythmus eingeengt dieser Tage
schieben wir die Tage in uns hinein
mitsamt den Fettaugen
aus dem Fruchtfleisch der Zeit
im stoischen Blick die Caesaren fett
hinter den Mauern
fleurs du malheur seit hunderten Jahren

Systemverlust

(für Volker Braun)

die eine Welt war wieder sichtbar
zwei geworden
auf den Bildschirmen David
und Goliath, die Rollen vertauscht
atmeten Rückschlag
Entschärfung der Lage
durch entSchöpfung
längst begonnen
hat der achte Tag
das *THEATER DER TOTEN*
die Zukunft geht aus (uns)
von VISIONEN
zu sprechen liegt mir *fremd*
wohnhaft in Fatalismus
der Restposten Mensch
mit der Lösung *durchdacht* aus
IBM thinkpads
sprechen Runen in die Luft
›wir‹ schießen in die Wiege
die uns (Knochen) brach
K...-KARTHAGO
das Pentagramm ist mit uns

SYBIL VOLKS
Der Garten

Meine Hand auf dem Tor mit den Ranken und Spitzen aus Eisen
Dem Schloss ist die Zunge verrostet, dem Schlüssel der Zahn
Der erste Schritt auf dem Weg meines Vaters, den Kieseln
gesäumt von den Beeten der Mutter, den Bohnen und Rosen

Die Äste des Birnbaums gebogen von goldenen Glocken
Die Leiter liegt unter dem Birnbaum im kniehohen Gras
Daneben der Eimer aus Blech mit dem Loch in der Seite
Die Birnen verstreut, ihre Dellen von Wespen zerfressen

Die Birnen: vom Vater gepflückt, von der Mutter gekocht
Die Leiter: der Vater am Kopf und die Mutter am Fuß
Der Eimer: vom Vater gefüllt, von der Mutter geleert
Mein Herz: eine faulige Birne, verworfen vom Baum

Vom obersten Ast des Birnbaums hängt träge ein Seil
Es klatscht auf den Boden. Es zieht seine Bahn durch das Gras
Ein Wogen geht durch die Halme und zieht seine Kreise
um mich. Ich höre das Zischen und sehe die Zunge, den Zahn

augustmond
vögel blühen, in den bäumen
zwitschert die sonne, hoch und gelb
steht das korn, am horizont
fallen die schwalben, von den zweigen
springen die pflaumen, blau und
rund am äußersten ast
reift der mond

Serpentinen-Terzinen

Wir sind die kurvenreichen, weichen Weiber,
und deshalb geht es bei uns immer rund
ums Lieben, Laben, Loben unsrer Leiber.

Zwölf Lippen haben wir, nicht nur im Mund,
zwei Busen, macht vier Brüste, Backen acht.
Die Symmetrie steigt uns zu Kopfe und

aus Haaren regnen Nadeln in die Nacht.
Wenn wir so rundungsreich beinander liegen,
nehmen wir scharfe Kurven nicht zu sacht.

Kann sich die eine um die andre biegen,
was soll uns da der Ruf nach scharfen Kanten
und Ecken. Aus den Kurven woll'n wir fliegen!

Wir auch

Unter uns zirpen die Hügel
Das Gras ist von Grillen bewohnt
In uns schaukelt der Schaumwein
Über uns der Mond

Der Mond ist mit Honig trächtig
Ganz golden summt sein Bauch
Er kommt so rasch und prächtig

Und langsam
kommen wir auch

MARCEL BEYER
Das kommende Blau

Sie löffelt Blau aus einer Tonne,
in der Farbhalle, russisches. Im
Nebenraum die fleckigen Papiere,
Öl und Film, Grußkarten, Erste
Hilfe-Bilder, Leitfäden in
gebläuter Schrift. Wir lesen
nicht, wir waten durch den offenen
Maschinensaal, wir löffeln mit
der Kehrichtschaufel Blau in einen
Kübel. Der Kragen steht, der Himmel
ungenau, im Lager, Wald- und
Sperrbereich fällt der Marinehimmel,
fällt frisches Wolkenblau in Placken
von der Mauer. Du löffelst noch, ich
wende Logbücher im Nebenraum,
flimmernder Schuh und blaue Hand.

Blondes Gedicht

Herr Ober: Ihre schwarzen Schuhe,
Anzug und Krawatte. Ich leg der Stimme
etwas Blondheit auf. Zückt er die Börse,
glänzt das schwarze Leder. Herr Ober steht
bei Tisch, ein Auge wackelt, abgedreht, ein
blondes Auge. Das Oberlippenbärtchen
schimmert grau im Rauch der deutschen
Zigarette. Ich hätt gern etwas von der
schwarzen Torte. Ich spreche laut und
deutlich: Und einen kleinen Schwarzen bitte.
Ja, der Herr. Auf Absatz umgedreht. Ich hör im
Kopf die Sprache, wovon die Mikrophonanlage
deutlich macht gestochene Akzente. Am
Nebentisch nickt Josef: Dies ist die
Sprache Gotens und Holunderlins.
Gefährlichstes der Güter. Derweil,
gestochen mit der Gabel, aus Biskuit
der Torte ein wenig roter Zähfluß
wird gepreßt.

HNO-Theater

Ich am Abgrund, ich unter Trümmern die Nase,
ich am Küchentisch, ich am Waschbecken die Ohren,
das gute Atmen, der prächtige Geruchssinn der Hals,
am Ende nur »vanitas vanitatum« etc., ich in der Diele
»da war alles aus Pappe, auch der Himmel, ganz wüste
Geschichte« ich unter Tränen etc. alles »vanitas« etc.
Papiertaschentücher ich unter, ich freundliches Röcheln,
ich unter Pappe, das prächtige Hören das Hüsteln das
Schneuzen, alles »doch eh wir zugenommen / und recht
zur Blüte kommen / bricht uns der Tod entzwei« etc.,
unter Pappe auch alles die Nase, das vorzügliche Räuspern
das herrliche, das großartig dargebrachte »am eigenen
Leibe« etc., Rezitieren des Leichen-Parts hier gleich um
die Ecke die Diele, dieses »dies alles stirbt uns wenn man
stirbt« und Zwischenhecheln so, und aufreißen Erde so,
und aufreißen Nebenhöhlen so »da war alles aus Pappe« usw.,
das sprudelnde Wasser, erquickende Dusche Stirnhöhle
innerlich soweit, und durchspülen so, fortfahren deklamieren
»vanitatum vanitas« gurgeln, vorzüglich die Ohren aus Pappe,
soweit das Aufweichen mit Wasser durchspülen, großartige
Szene das, rotfärbendes Papp-Maché Blutbahnen, ausflocken
um Kinn und Schläfen das, Trümmer, des einstmals plastisch
modellierten Altpapiers, perfekt einstudiert diese Ohren-Nummer,
dazu bekanntes »das ist immer so bevor ich zusammenbreche«
rezitiert etc., Kleister aufgeweicht am Hals runter, das ganze
»hat uns der Tod bestricket« soweit, das herrlich frische Wasser,
näselnde Kehlkopf-Sequenz sodann am Küchentisch, »Pappe« usw.,
»bis auf die Knochen« das ganze, dann wieder das gute Atmen,
das freie Atmen soweit, das schöne Atmen, das gute, des herrlich
herausgeputzten Hals-Nasen-Ohren-Bereichs, der prächtige Eingang
der Zustrom der guten Luft, auch der Himmel, das Durchatmen usw.,
ganz wüste Geschichte, »dem wird ein enges Grab zu weit« etc... pp.

Raps

Auf einer leeren Landstraße sitzt du am Mittag hinterm
Steuer, zwei polnische Sender wechseln sich ab, in
dir spricht nichts, du meinst schon bald, du bist ganz
ohne Wörter aufgewachsen, und dann das: Raps,

hartgezeichnet, klare Linie, gestreute, dichte Rapsarbeit,
das Feld läuft an, das Bild läuft voll mit Raps, Raps
bis zur Kante, bis zum Haaransatz, randvoll mit Raps,

Rapsaugen, Rapskopf, Rapsgeräusche, kein Preßzeug,
keine Margarine, nichts als Raps.

STEFFEN POPP
Silvae (gelichtet)

Das Harz läuft aus den Bäumen, wie gewohnt
stehen die Wälder, hölzern und grün
vor meinem Fenster, und überall auf der Erde
wo kein Feld ist, kein Garten
                                        kein Haus wie das meine.

Manchmal ein Tier, an der Blattunterkante
eine rehbraune Schießscheibe mit wenigen
Treffern vom Vorjahr –
                                                        zwei uralte Pferde
ziehn Holz aus dem Windbruch, mit der Dunkelheit
kommen die Jäger, man sieht ihre gelben
                                                                        Turnschuhe leuchten.

Betonstufen, die Meere.

Bewegung (Luft), Meerfarbe (grün), ein Igel (die Technik eines Coyoten
ihn auf den Rücken zu drehen) – dein Herz, der nahe Hafen
dehnt sich an seinen Schlafkanten. Futter in Säcken, Munitionskisten
der gespreizte Huf eines Esels im Brackwasser –

das Meer zeigt dir Ufer (die Grenzen), du schläfst in deinen Staaten
es gibt Geheimzeichen, Türme (auf See blickend), Flugabwehr
Ingenieure mit Fliegerkappen, du zählst sie im Hafen – es sind Gelenke
und sie verbinden dich (wie eine Schrift) mit allen Dingen.

Seestück, kleine Minne.

Deine zwei schönen Augen, Taxis bei Nacht
schwer lenkbare Wärmegewitter
Umschlagplätze von Licht, wo ich aufhöre
dich zu erfinden, wo alles was selten ist anfängt
zu schwimmen.

Großes Gelächter von See her, mein Herz
ist eine Sprengwolke, will sich mit jedem Schlag
auslegen – aber dann
                    klammert es, macht eine Faust –
ein lange von Blut durchschlagener Glücksknoten
und das ist alles, woran ich festhalte
die kleine Loge in der du sitzt
schwarze Oliven vor dir auf dem Tisch
eine lang hin fallende Basslinie
in einer Funknacht mit Leuchtfeuern.

Von einer Insel, aufs Meer.

Wir saßen auf einem Container, vor uns die Schönheit
ein deutliches Rauschen, wir glaubten an Sand der uns aufrieb
im langsamen Flutreifen, wir glaubten an Brücken auf See
die heimliche Lösung der Toten bei Schnee in den Festländern
Lippen und Zähne, die Küstenlinien griffen so ins Meer.

Wir sahen müde aus, von fern, in der Vergeblichkeit der Ufer
zu allem Übel kam noch die Nacht, eine zärtliche Seilbahn
uns in die aufgeräumte Zeit und die Gehäuse, am Sperrzaun
schien uns der Mond ein gut gewürgter Engel, sein Gurt
der Hafen war so offen, lächelte, wir hörten Holz einreißen.

Stand einer auf, die Zufahrt trug ihn weg, wie eine Steinfrau
ihr eingebildetes Kind, in einem Film, dann lief die Spule leer
lief, lief, wir kauten Sand – es knirschte – ein langer Frieden
auf dem wir sitzen blieben, vermutlich, ein großer Container
es gab Blech, das Meer, für gute Augen die versenkten Schiffe.

LARS-ARVID BRISCHKE
fotoalbum

auto mit oma
tisch in rom
tomaten im auto
oma mit auto in rom
oma am tisch mit tomaten
oma in rom am automaten
tomatenaroma im auto
rom mit tomatenautomaten
tisch mit aromatomaten
automatentomaten in oma
rom aromatisch
oma automatisch

pfaffenwiesenstraße, draußen

wie ist hier der dresscode? flüstert mir
die stewardess auf der terrasse & bastelt sich einen
& mehrere airbusse liegen in der luft & im nest

die stressigen jungmeisen reißen
gierig ihre trichter auf: ich kann mir denken
was alles hineinpasst in so einen bussard

& halte den schnabel – ich habe mein feuer-
& sie ihr flugzeug & schon beginnt
das gras zu rauchen. gestern brazzaville

morgen bejing. aber auch heute gibt es genügend
komische vögel: kiwis kolibris & die concorde.
wie weit ist der truthahn? fragt sie & fliegt

schneller zu ihm als meine antwort: scharf!
ein pinguin braucht nur einen
liter gran riserva auf hundert

kilometer, na dann – baun wir doch gleich
eine ganze kiste hier ein, gießen den kriechenden
hahnenfuß & dressing übern salat. hoch oben

kreisen die wolken im fluglärm, ich verstehe
die eigenen sätze nicht & die stewardess
zeigt mir einen vogel: château bonnet

zum putenfilet? sind wir denn bodenpersonal, du altvogel, zeit
fürs dessert à la mövenpick! wenn die pfaffenwiese nass wird
vom tau bevorzuge ich tullamore dew

& verstehe: amseln
werden flügge im flug.

elternhaus, thermodynamisch

die zustandsgleichung der familie
ist nicht einfach herzuleiten. vater
schnitzt an einem streichholz, mutter!
mutter destilliert benzin. mein kurzes klingeln
hat gereicht: späne fliegen & es brodelt
mir entgegen: mutter öffnet
die ventile, vater!
vater steckt das messer ein. plötzlich
denke ich an clausius
rankine, van der waals, carnot. vater
reibt am kondensator, mutter!
mutter presst die wärmetauscher.
grundverschiedne formelzeichen
stehn für wärme, kraft & licht. langsam
wird es zeit die speise-
wasserpumpe einzuschalten: ich
beweg mich isobar nach oben
auf der dampfdruckkurve. mutter
fuchtelt mit kanistern, vater!
vater zückt die bohrmaschine.
um die effizienz zu steigern
wähl ich zwischenüberhitzung. vater
nagt am steichholzschaschlyk, mutter!
mutter schluckt benzinlikör.
noch ist alles reversibel
im realen kreisprozess: isotherme polstermöbel
laden uns zum sitzen ein. mutter
will mich in ihr auto
zerren, vater!
vater bietet mir zigarren. nur

ein kurzer blick zur wasseruhr
genügt. dann zapf ich
bier aus der turbine, mutter!
mutter tankt jetzt vater, vater
raucht dann mutter. beide
sprechen von entspannung aller
eingebauten
manometer.

lavabo

pontius pilatus wäscht seine hände
in honig er wäscht seine füße in milch sein gesicht
er wäscht sein gesäß sein gehirn sein geld
sein namensschild neben der klingel
seine firmenschilder waschen wir
in milch in honig waschen wir unsre
verkehrsschilder die gebieten
verbieten & weisen uns hin

pontius wäscht seine hände
in milch sein geld sein gesicht
sehen wir im spiegel im tagesspiegel
im rückspiegel wieder waschen wir uns
mit unseren händen unser gesicht mit honig
unser gehirn & unser gesäß pilatus
wäscht seine hände

in milch sein gesicht seine füße in honig
sein geld in unsern gehirnen
seine hinweise gebote verbote wir
verkehren in seinem gesäß wir schildern
wir spiegeln uns wider & waschen
eine hand von pontius in honig in milch
einen fuß von pilatus in unserm gesäß
in unserm gesicht in unserm gehirn

fließen milch & honig als geld
von pontius zu pilatus waschen wir
gebote verbote hinweise in unserm gedicht
in unserm gehirn eine hand

wäscht die andre wäscht uns die augen
aus dem gesicht pilatus
sind wir & pontius sind wir
mit händen & füßen waschen wir uns
aus dem gedächtnis & alles wird sauber
aber nichts wird klar

SABINE KÜCHLER

Einmal hörst du sie wieder klammheimlich
sind sie zurückgekehrt um nach dir zu sehen
diesmal sind sie wie Vögel
mit ruhigem Gemüt du hast sie beschimpft
und verlassen in einem heruntergekommenen Park
wie bist du gerannt
um ihrer Freundlichkeit zu entgehen
schwer vorstellbar aber diesmal
beschwichtigst du nichts: Gras
schießt aus den Dielen Laub begräbt
deinen Tisch wenn du jetzt atmest
in deiner Brust Plunder der singt.

Seetiere

Die Maskeraden zuerst dann die Hotels
unsere Lügenpaläste für eine Nacht
nahm unser Unglück sich plötzlich ganz heiter aus
hinter jeder Tapete
kauerte ein schlimmerer Fall murmelte
sich an den Anfang seiner Geschichte zurück: wie viele Sorten Kummer
hatten einmal zur Auswahl gestanden Seetiere
aus fremden Korallengehölzen trieben draußen vorbei
mit schweren triefenden Leibern es regnete immer
wenn wir dort lagen in einer Kammer
am Grunde des Meeres am Morgen ein Paar
das sein Publikum spaltet
in Komplizen und ewige Zweifler.

Schnee

...undnoch undnoch undnoch: der geschäftige
Akupunkteur setzt seine Nädelchen tief

ins Gedächtnis eine fliegende Schar
geometrischer Schwäne auf schlickigem Grund

ein Stich: Muster kleiner Ekstasen
als du entdecktest es gibt

Chemiekästen
mit und ohne Kaliumpermanganat

es gibt
das Wort *Schnee* und seine Entsprechung

im Garten Kristallalphabete
die weist du nach schreibst deine Formeln

mit der Pipette hinein es gibt
die triadischen Tänze des Schnee

räumkommandos funkelnde Gesten
aus rotwattierten Trikots

und das Gestöber sobald sie
am Ende der Straße verflackern noch tiefer

der Schnee: jetzt
sind deine Experimente spezieller.

Flüsterton »Wir«

... siamesisches
Paar in verschiedenen Hemisphären ...

schreib mir
vom Regen erzähl wie
die Wolken sich trennen
und ineinander versenken: ein

Nervensystem *(»war*
manchmal so betrunken sah ich dich
sitzen an meinem Tisch und speisen
von meinem Kummer ...«).

THOMAS HEINOLD
am ölberg

manchmal die flucht in eine telefonzelle
(so als seist du verfolgt)
bedrängt von dem windstoß
der eben in der fortgeschrittenen dämmerung
das papier und den staub des tages hochwirbelte
im herannahen des gewitters
sahst du plötzlich
die hellgrüne unterseite der blätter
eines aufrauschenden ahorns im augenblick
der erschreckten aufmerksamkeit
den du – pedantischer kerl –
natürlich nur zu erinnern meinst
wenn du sofort
gebeugt über die telefonbücher
der schwarze hörer unbenutzt neben deinem kopf
eine notiz machst
eine scheinbar beliebige nur
zu dem einen zweck
dich nicht tatenlos überraschen zu lassen
von dem blitz
der hinter dem glas um dich aufzuckt
wie der schnappschuß eines unbekannten fotografen
versteckt in blauer dunkelheit
beweise sammelnd wie du

hinterhof

gering erscheinen die abstände zwischen den giebeln
und seltsam zusammengedrängt die dächer
unruhig flimmert die luft um die katze neben dem kamin
der himmel hier wie ein einziges zittern
obwohl es ein warmer entspannter abend sein könnte
wenn man arbeitete nach der uhr
und es ein sicheres zeichen für das ende der anstrengung gäbe
auf dem balkon gegenüber steckt eine frau ihre haare zusammen
jäh stürzt mein blick auf einen schwarm spatzen –
auch die katze richtet sich auf
geklapper von bestecken klänge aus den radios
mein blick verwackelt
das objektiv beschlägt vom schweiß meiner augenhöhle
der himmel zerfließt im visier
die dächer kommen ins rutschen
die hauswände werden weich wie schmelzendes fett
und im fadenkreuz die lächerliche anstrengung
etwas zu treffen
so präzise wie möglich

erlenstegen, alte bahnstrecke

nebenstrecke stillgelegt der schotter nackt
schlechter vergleich wenn man das frieren bedenkt
sträucher wachsen daraus
die kein zug mehr köpft
nur selten jemand an dieser stelle wartend
der einen vorbeifahren sah
kaum mehr wiederzufinden die angst
als die schienen zu vibrieren begannen
ein geräusch am metall entlangwirbelte
über den bohlen ein dröhnen
platzte ein knall in die augen
den kopf des kindes
das neben dem gleis stand
und die fingernägel in die hand seines vaters drückte
der einst so alt war wie heute es
das helle grün aus den ästen treiben sieht
wie ungestört und ruhig
als sei es immer so gewesen
ohne angst die sich abgetragen
nicht mehr wissen kann
wo das kind geblieben ist
steht niemand mehr
erschrickt

südfriedhof

auf den grabsteinen steht nichts
von diesen minuten in der nacht
als man die zigarette zwischen den fingern
ungeduldig wartete
und nach dem klopfen
die tür flüsternd ins schloß zog –
den einzigen heimlichen vielleicht –
mit dem druck eines ungewohnten arms
auf der brust
der einen nicht einschlafen und sich zur seite
drehen ließ
nichts steht von dem gesicht im spiegel
nach dem aufstehen:
etwas aufgedunsen und die brennende haut
voll roter flecke
obwohl gar nicht das licht der sonne darauf fiel
es steht nichts von denen
die nachdem sie davongeschlichen
ihre kleidung sorgfältig eingesammelt
nichts hinterließen als haare im bettuch
und längst

INGO JACOBS
Nach der Nacht

könnte ein Titel lauten
wenn er nicht so irre
leitend wäre als Impuls

ich habe ein Gefühl, es
ist automatisch, singt
es von der Straße her

alles geht alles weiter
vom Anfang her das Un
bewusste spricht was

sagt es? du musst den
Hunger stillen den
Hunger stillen

nach der Nacht

Im Büro des Produzenten

im Filter am Pool habe sich eine
Menge Rest verfangen. niemand
will sich erinnern: Reste wovon?

der Körper des Produzenten
aber schwankt nicht, während
er das sagt. obwohl: er taumelt.
die Zahlen sind nicht schlecht,

es muss weitergehen. der Filter im
Pool wird irgendwann wieder
ausgewechselt, dann hängen
klebrige Bilder darin. der Körper

bekommt dadurch eine Ahnung
davon: wie es ist, als ranziger
Reflex zu enden. das wissen alle.
»alles für den Club« – sagt er

zum Produzenten. es ist angenehm
kühl hier drin. was aber *Der Club* ist,
weiß hier keiner. man redet über
ihn wie über eine graue Evidenz.

& aus dem Augenwinkel

& aus dem Augenwinkel seh ich die langen
schwarzen Haare. wo sie mich hinziehen: in
den Körper des Körpers, da jedes Wort versiegt –

»du hast den Hörer endlich aufgelegt?«, hör ich
aus ihm die Stimme meines Vaters. »das freut
mich: hier gibt es nichts zu hören. ich bin schon

lange tot.« von dem Geruch an ihrem Hals hätt'
ich ihm wohl berichtet, dort wo Parfüm mit
einem Bild aus frühen Tagen sich vermischte:

mit ihr im Jugendbett, die Eltern religiös & unten
vor dem Fernseher, man kann es schallen hören.
& aus dem Augenwinkel seh ich die langen

schwarzen Haare, ich spüre ihre Lippen & mein
Vorwärtsdrängen. wo ich sie hinzieh, jetzt:
in mein gedankenloses Fleisch.

Ein anderes Blau

meinen Ellbogen wollte ich
an jenem Abend einem Passanten
ins Gesicht rammen, einfach so,

ich sah schon deutlich ein Blut
aus seiner Nase tropfen & nicht
eine Spur von Gewissen, die sich

in sein Erstaunen hätte mischen
können. wie leicht es mir gefiel.
er lächelt mich an: richtig, junger

Mann, sie brauchen einen neuen
Krieg. was für ein Dauerbeschuss,
denke ich mir, und gehe weiter in

kein anderes Blau.

EVA CORINO
Erste Nacht

meine Mutter wußte früher als ich
worauf sie mich einließ
als sie mich zum Bahnhof brachte
meine Tasche trug
mit dem neuen Nachthemd
(weißer Batist!)
ich legte mich auf den Altar
das Hochbett dem Himmel so fern
ich suchte nach den Geigen
aber es waren reißende
Saiten ein Engel fiel
von der quietschenden Wolke
du warst vorsichtig du
hattest dir am Tag zuvor
die Rippe gebrochen
(war ich wie geschaffen daraus?)
ich fügte mich
in meinen Willen ich blieb
so geduldig bewußt
du sagtest mir du
wirst schon kommen
mit der Zeit

Bitumen

die Serpentinen
die liebe ich ja
in den kühnsten Kurven
komme ich dir so nah
wie der Gurt es zuläßt
eine Strähne
abspenstig von meinem Haar
lehnt an deiner Schläfe

wir haben abgemacht
in dieser Gegend
den Mund zu halten
mit dem Finger nur
zu deuten auf die Dinge
sie als Variable leise
einzusetzen in die Formel:
X ist schön!

die Füße auf der Armatur
unterbrechen wir
selten nur
die Stille in Gesprächen
über Benzinpreise
Wasservorräte
und Dattelkerne
bin ich unterwegs zu dir

Schwarze Schleppe

(Friedhof Chausseestraße)

dein Bild im Frost im gesprungenen Schatten der Mauern
wenn ich durch dein Abseits gehe
mich aufrecht halte
so schwer dein Stand zwischen den weißen Stämmen
in deren schwarze Rinde ich den Finger lege
in Gängen des Gehörs durchkonjugierte Zeiten
als deine Stimme noch zu mir sprach
was ich von Gräbern auflese jetzt
selig die reinen Herzens sind
denn sie werden Gott schauen

auch dieses Versprechen nur Nippes der Ewigkeit
der Plastikrose gleich geschmacklos
dem weinenden Engel den ich von seinem Sockel reiße
von der Mülltonne dem besseren Mausoleum
sei getreu bis in den Tod so werde ich dir die Krone
des Lebens geben die halb verlogene Seide
die sich um frische Kränze windet
den feierlichen Verrat den du tragen mußt
eine Schleppe greinender Raben
die mir folgt

Der Berlin-Effekt

plötzlich im Supermarkt
bin ich umgeben von allen
die mir im Leben etwas bedeutet haben
aus sämtlichen Schichten
der Erinnerung tauen sie auf
vor dem Tiefkühlfach erfahre ich
daß sie jetzt um die Ecke wohnen
mir die Tüten nach Hause tragen können
vor meiner Tür zögern wir
und einer sagt es dann: ich verzeihe dir

RENÉ HAMANN
Abschied von der Folie

winter, die tram zirpt, unter dem sitz
die heizung bläst die wärme um.
der von arbeit völlig ruinierte kopf
versucht sich davon zu denken, schon
durch eine menge einsamkeiten
motten in den kleidern.

tastaturen & funklöcher, po
sitionsgerangel; mustern der ordner,
die sie vor den brüsten hält, die koffer
im gang, keine fanfaren. emotions
mechanik & lichtverfall, hirne auf stand-by,
die folie ist leer & verbraucht.

abends sitze ich bei ihr beim tee,
winkelzüge im souterrain, etwas
musik zur nacht, & wir reden über
was man in drogerien, unser atem
ist kurz & leise.

Rambla

noch ehe es anfing zu regnen
nach abwurf der granate (auf gestelltem
hinweisschild ein mann mit koffer) ins
restaurant oder in ein taxifahrercafé
nachts im zweiten stock eines geschw
ärzten hauses am rande der rambla

der raum ein gang fotografien
von autohäusern an den wänden
schlauchartig gesplisste erinnerung
auf einem der gehängten monitore
spulte sich eine katalanische variante
von *musik ist trumpf* tonlos ab man sah

ein weiteres mal das ende
der ressourcen der geschichte
in weißen uniformen der kellner
zog langsam an einer *fortuna* spon
soren der asche abdruck
der *arc de triumf* paar blocks
weiter neben dem zitierten
electrodomesticos laden *radio rené*
konnte mein koffer als sicher gelten
die uhrzeit sprach für ihn & so

durfte nach geschlauchter hinfahrt & zigarette
das kauen an den analytischen widerständen
mundstücken des buches über was
nie fertig werden sollte beginnen.

Freuds Töchter

sie ist eine von freuds töchtern: nah am wasser
gebaut, wie ich ihr die flüstertüte ans ohr
halte, damit sie besser hören kann: z.b. das
schlecken meiner zunge. besonders liquide, ihre
beine winkeln sich als achse gegenüber
der nähe zum etablissement. sie ist eine von
jungs töchtern: fern jedwelcher egozentrik
hört sie & hört sie & hört sie nicht auf, uns
zu bewegen inmitten massen von geschlechter
behältnissen, abgestumpfte metaforik, & ich
erzähle & erzähle & erzähle ihr nichts, was mich
berühmt machen könnte. sie ist eine von adlers
töchtern: wie sie dasitzt sich jäh umdreht wie
sie nicht-raucht & nicht-redet wie sie nicht-
liest & nicht-anruft wie sie die flüstertüte be
rührt um zu wissen, wie spät es ist ...

Kleines Gedicht

am abend mit einer kleinen lampe
im kleinen bett die eltern sind aus & hängen
bleibt allein verdautes als zeichen etwas süß
auf der zunge klebendes das nach vorne geschoben
eine wölbung nach außen darstellen könnte

klein auch das leben klein das gedicht
welches mit einer schleichenden einblende beginnt
dann aber den sprung macht über das gitter am kopf
des bettes die fieberkurve zeigt deutlich nach unten
wohlig rund für einen moment bleibt die zeit still

nur die tür rückt näher die aufkleber darauf zeugen
direkter spitzen um nicht höhepunkte zu sagen griff
bereit zigarette buch glas mit wasser diesen
moment zu schützen bevor es klopft & rüttelt kaue ich
weiter an der implosion des kleinen glücks

MARTINA HÜGLI

beim aufwachen

wer zieht den kleinen mädchen
die summenden zöpfe straff und still?
wer breitet durch mein knie
eine landkarte aus?
wer unterschiebt mir morgens
eine fremde tasse?
wer ging vor mir den hut im gesicht
und verschwand dann in die geköpfte weide?

später nachmittag

im warmen löffel des nachmittags treibe ich
ruhig wie eine tollkirsche reift auf ihrem grünen kragen
treibe am ufer des nichts entlang, lose angenäht an den see.

nur wenig boote fahrn auf meinem stillen zwerchfell
stumpfes blei ist der see, bloss aus der tiefe wirft
ein wassergeist glimmer herauf. das auge des dinobabys

in der zeitung sieht aus wie ein versteinertes ei. es führen
die hellebarden der schwalben krieg vor dem fernen, matten himmel.
in welchem jahrtausend sind wir, und wer ruft mir nun
meinen namen zu?

unterm körperstein
liegt die tänzerin begraben.
manchmal möcht ich kurz sterben
mich ganz zu sehn im flügelschlag.
dann wüssten die glieder, wie.
was anderes ist denn der leib
als diese sehnsucht nach raum?

nach dem kurzen tod füllt sich
der raum zwischen ohren
und fingerspitzen auf
werden die vielen vögel
lauter und genauer
und augen tun sich auf
im staub am rist –
es landet immer erst der fuss.
ich tanze bilder der geburt
wie die sterne in mir winkeln.

umschwung

den aus dem traum wachsenden strauss
habe ich gepflückt, die möbel meines beckens
mehrfach umgestellt. was bleibt mir jetzt zu tun?
flach und hart schwinge ich wie das holz unterm specht.
baumrinde wächst mir an den steifen knien. das kreisen
der planeten möcht ich stoppen bis
du mir sagst: ich lieb dich.
du schweigst. beweisstücke stecke ich
als messer in den gürtel und
in die gezackte linie des verdachts
hake ich mich als zahnrad ein.

du aber frotzelst und kitzelst als bärlauch
mich an den wurzeln: der boden beginnt
zu gehn unter meinen füssen. ich keuche
und springe aus meiner ast
gabelung. und bock
springen wir über baum
stümpfe, unsere schuhe
grünen vor blütenstaub. du steckst
mir ein gänseblümchen ins ohr, und
gras fressen möcht ich frischweg.

TOM SCHULZ

Ich bin eine geräuschlose Maschine
Und werde gewartet mit dem Versprechen auf Zeit.

Ich warte eine metallische Stunde –
Warte zwischen zwei Takten:
Verbrennung und Stillstand.
Ich warte auf einen Wechsel.

Man sieht, sieht die Zeit:
Sie ist eine abgetrennte Hand –
Körperlos zeigt sie einem den schlimmen Finger.

Man hört die Zeitansage
Und errechnet die fehlenden Stunden.
Man weiß ja, man kann weder vor noch zurück.
Vorwärts und rückwärts
Sind ausgeschlossene Richtungen.
Aussichtslos ist man, abgenabelt von beidem.

Hinter glasdichten Türen arbeitet man
An der Statistik von Fehlgeburten.
Man hat seinen befristeten Vertrag
Und ißt gelangweilt sein Büchsenbrot.
Man sitzt an seinem Katzentisch
Und zieht den Rauch ein; wartet
Bis sich die Lunge schwarz gefärbt hat.

Man weiß:
Die Zukunft ist ein Kind der Diagnostiker.

Mit einem Sehschaden fängt es an.
Was als harmlos gilt, endet unter dem Messer.
Mit Achtunddreißig läßt man sich sterilisieren.
Mit Zweiundvierzig klagt man über ein schlechtes Blutbild.

In wenigen Jahren liegt man endgültig da –
Hält die Augen für immer geschlossen
Und stellt sich tot.

Man weiß, man ist eine geräuschlose Maschine
Und wird gewartet mit dem Versprechen auf Zeit.
Man wartet eine metallische Stunde –
Wartet zwischen zwei Takten:
Verbrennung und Stillstand –
Wartet auf einen Wechsel.

Der Mittelteil eines Gedichts

Lautet:
Die Liebe ist eine Spaziergängerin
Ohne Gliedmaßen und über die Maßen schön

Die Liebe, die Liebe

Im Mittelteil eines Gedichts
Wird Asche ausgedrückt
(»Haben Sie eine gegen-die-Langeweile-
Zigarette, ich rauche schon seit Jahren nicht mehr
Aber plötzlich überkommt mich doch das Verlangen«)

Im Mittelteil erreicht das Gedicht
Seinen vorläufigen Höhepunkt
(Das Gedicht ist männlich
Und macht die Entdeckung eines Re-Rezitators
Der Re-Rezitator ist das lyrische Ich als lose Wurst)
Etwas noch niemals Gesagtes
Wird als Zigarette *(Schweinejuwel)*
Ausgedrückt

Glauben Sie an das lyrische Ich? *(Bitte ankreuzen)*
a) vollkommen
b) eher ja
c) eher nein
d) überhaupt nicht

Die Liebe, die Liebe
Ist ein Turmfräulein, das in der Luft
Gehen kann, wie gesagt ohne Gliedmaßen
Aber über die Maßen schön

So endet der Mittelteil eines Gedichts:

Ich liebe die Anfänge deiner Lippen
Sprich mich aus, aber
Laß uns nicht die Mitte sein

Ich liebe die Anfänge deines Haars
Verfange mich, aber
Laß uns nicht die Mitte sein

Ich liebe die Anfänge deiner Haut
Zerschlage mich, aber
Laß uns nicht die Mitte sein

Von den Moscheen
Die in die Lüfte gehen
Ruft sich der Hunger aus
So faste ich nach deinem Leib
In wieviel hundert Stunden
Die aus Bittgesängen
Anhalten Herz an Wand
Daß diese Zeit aus ihrem Uhrwerk rinne
Herr, deine Glückseligkeit
Und leb nur nachts
Tage, die Schatten werfen
Dünn wie Stäbe, wenn du
Die Straßenseite wechselst
Und schon die Sonne in den Mund-
Raum sinke! Gingst du besessener
Ans Fleisch, den einen oder andern
Körper öffnen; die Krusten, Schalen
Kleiner Tiere, die auf den Augenlidern
Sanft entschlafen; so faste ich
Nach deiner Zunge, die wieviel Morgen
Land verheißt, zwischen zwei Brücken:
Schattengewölben oder Schattenmorellen
Daraus zu trinken, faste ich
Nach deinen Lippen, die doch ein Bett sind
Für den Fluß aus Küssen
Und leb nur nachts
Zwischen den Dämmerungen
Die von den Minaretten angerufen werden
Wir Dämmernden am Port
Finden kein Schiff, das mit dem Mond
Die Ufer wechselt
Und immer schreit der Muezzin

Aus Mittelwellen, den Sendeplätzen
Souks; auf denen ich, zwei Schalen
Für die Nacht, für dich ersteigert habe
Und Allahs Geisterfahrer, die in Taxis
Warten, brettern die Sonnenkranken
Unter die nahen Strände
Und aller Frauen Hände
Streichen sacht durch die Medina
Wie meine Liebe den errötenden Himmel
Nicht trennt von dunkel-violettem Meer

Nach Hause zittern
In nächtlichen Automobilen
Wenn der Polarstern
Am Autobahnkreuz aufgeht

Die Kurven sind ausgeschnitten
Im ewigen Eis der Ausbaustrecken
Wo du gegenlenkst
Doch du hast einen Kolbenfresser
Und keinen Ehemann
Mit dreizehntem Gehalt

Zwischen den Schichten
Sind die Tage zu Dunkelziffern
Geworden; in denen man sich schwarz-
Gearbeitet hat, schwarz
Bis in die vierten Zähne

Noch einmal aufs Gas gehn
Bevor man in die Radarfalle fatscht
Zu den Gute-Nacht-Füchsen
Den Schneehasen in Wintermanövern
Die aus dem Harsch winken
Und Briefe schreiben mit Lügendetektoren
MIT FREUNDLICHEN GRÜSSEN/
DER MANN IM MOND
Eine Parklücke finden, die freie Bucht
Für das Leben danach, geräumig
Wie eine Zweizimmer-Neubauwohnung
Ein neues Leben mit Wochenend-
Tickets zu den Ceranfeldern
Auf denen die Augenpaare schmoren

Du hast dich dünngefroren
Und fährst wieder Bus & Bahn
Ich träume von finnischen Nächten
Und suche die Advents-
Sterne in den letzten Lichtern
Wenn ich trinke und fahre
Die sterbenden Finger im Handschuh-
Fach still sind für Minuten
Die Rechtsfahrer aufblenden
Aus ihrer Leuchtspur nach Canossa

RAPHAEL URWEIDER

braune staubkäfer überall braune
staubkäfer auch in unserem lac de cygne

und ohne flügel und in jedem
armaturenbrett jedes traums und

zu jeder tageszeit braune staubkäfer
auch dienstags auch in den arabian nights

fluguntauglich unklassiert und braun
zwischen den gebrauchsanweisungen im

traum an arabischen dienstagen an beiden
ufern im windschatten ungeflügelt

im staub braune staubkäfer überall
in jeder hydraulik im traum

tritt ein bergbach über die ufer sammeln
die kleinbauern auf wiesen forellen ein
ein bergbach tritt über die ufer wenn viel

schnee schmilzt unter der sonne kleinbauern
tragen die von ihrem element getrennten forellen
in großen körben nach der küche der bergbach

lässt die überfluteten wiesen fischreich
hinter sich die kleinbauern beschauen die
eingesammelten forellen genau wenn viel schnee

schmilzt tritt der bach weit über seine ufer
die forellen die sich aus ihrem element heraus in die
wiesen hinein getraut haben liegen bald schon
in den küchen

der kleinbauern der bach macht sich auf wieder
zwischen seine ufer zu gelangen die kleinbauern finden
auf wiesen die forellen schnell sie glänzen hell
unter der sonne

in der milde des nachmittags liegen
die kontinente beieinander wie schläfrige

kühe die wiesen der ozeane sind sehr blau
mister magellan zeichnet in sein geheimes

tagebuch die kontinente räkeln sich
in der milde des abends mister magellans

seekarten sind schattenrisse von heimischem
vieh wie auch träume der spanischen

königin in der milde der nacht nähren sich
die kontinente an den wiesen der ebbe

an den wiesen der flut mister magellan
skizziert die küstenlinien der kühe

in der milde des morgens schimmern
die noch leeren seiten des magellanschen

tagebuches weit heller als die träume der
königin wie frischmilch der kontinente

wie leichtbekleidet sich der gipfel gibt bei
dieser wetterlage zwischen sturm und vacuum

am ganz und gar runden horizont erscheint
sir edward percival hillary von nun an kann

er nur noch abwärts blicken sir tensing
schaut zu ihm auf über achttausend metern

findet kaum luft platz neben ihnen die sonne
nur wenig näher zusammengedrängt auf dem

gipfel stützt sir tensing sir hillary höher geht
nichts mehr ohne flügel es zieht sie nach

unten edward hillary fürchtet die luftleere
sir tensing schaut in die runde die sonne kühl

ab achttausend metern beinahe hüllenlos der
gipfel den sir tensing verlässt sir hillary folgt

willig es zieht ihn wieder abwärts unbeflügelt
den blick in richtung des rundlichen horizonts

Nachbemerkung der Herausgeber

Daß die Lyrik lebt, bedarf keines Beweises. Es wird jeden Tag offenbar, sei es bei Lesungen oder dank einer der zahlreichen Publikationen, die vor allem vom Idealismus ihrer Herausgeber zehren. Zeit dagegen wurde es für eine Bestandsaufnahme dessen, was in der jüngeren und jüngsten Generation deutschsprachiger Poesie geschieht, für eine kompakte und annähernd umfassende Sichtung der dichterischen Werke, die als Drucke oft nur verstreut zu entdecken sind und in einigen Fällen ausschließlich durch mündlichen Vortrag übermittelt werden.

Die Kriterien bei der Auswahl waren so lose gefaßt wie möglich und so willkürlich wie nötig: Das Geburtsjahr der Autorinnen und Autoren sollte nicht vor 1965 liegen; sie selbst sollten, ob durch Veröffentlichungen oder Auftritte vor Publikum, dauerhaft in der neueren Lyriklandschaft präsent sein; und es sollten vier Gedichte gefunden werden, die als repräsentativ für den jeweiligen Stil und die jeweilige Ästhetik, in einigen Fällen auch für die Wandlungen im Rahmen des jeweiligen lyrischen Programms gelten können. So sind letztlich 74 Dichterinnen und Dichter und knapp 300 Gedichte zusammengekommen, die zeigen, wie vielfältig die gegenwärtige Lyrikszene ist und aus wie vielen Traditionen sie sich speist – eine Auswahl jenseits aller oft willkürlichen Ein- und Unterteilungen, so hoffen wir, jenseits eines Schubladendenkens, das dem unvoreingenommenen Leser ohnehin fremd sein dürfte.

Bleibt uns noch, all jenen herzlich zu danken, die mit ihrer Fachkenntnis und ihrem Engagement dazu beigetragen haben, daß dieses Buchprojekt realisiert werden konnte – vor allem Gerhard Falkner, der weitaus mehr hierfür tat als das Vorwort zu verfassen.

Björn Kuhligk und Jan Wagner, Berlin im Februar 2003

Bio- und Bibliographien

Katrin Askan, * 1966 in Berlin (Ost). Nach dem Abitur Arbeit im Krankenhaus, später im Buchhandel. Auf die Flucht nach Westdeutschland 1986 folgten längere Aufenthalte in Schweden, Übersetzungen für den Hörfunk und ab 1988 erste Veröffentlichungen von Lyrik und Prosa. Studium der Philosophie und Germanistik. Neben Romanen und Erzählungen erschienen ihre Gedichte in zahlreichen Zeitschriften und Anthologien. 1998 Friedrich-Hölderlin-Förderpreis der Stadt Bad Homburg, 1999 Rolf-Dieter-Brinkmann-Stipendium der Stadt Köln, 2001 3sat-Preis bei den 25. Tagen der deutschsprachigen Literatur (Ingeborg-Bachmann-Wettbewerb) in Klagenfurt.

Christoph W. Bauer, * 1968. Abgesehen von Veröffentlichungen in diversen Zeitschriften, in Anthologien und im Hörfunk erschienen die Gedichtbände *wege verzweigt* (Haymon-Verlag, Innsbruck 1999) und *die mobilität des wassers müsste man mieten können* (ibid. 2001). 1997 Arbeitsstipendium des Landes Tirol, 1998 Förderungspreis des Landes Kärnten, 2000 Großes Literaturstipendium des Landes Tirol, 2001 Lyrikpreis der Akademie Graz, Reinhard-Priessnitz-Preis 2001, 2002 Publikumspreis bei den 26. Tagen der deutschsprachigen Literatur in Klagenfurt. »Wo Eindeutigkeit vorherrscht, muss Mehrdeutigkeit Platz greifen. Bauers Gedichte zeigen kein Interesse, Klarheit zu schaffen. Mit Sicherheit und Selbstgewissheit prunken sie nicht. Sie sind Bewegung, sie machen das Unterwegssein zu ihrer Sache.« (Anton Thuswaldner, Laudatio zum Reinhard-Priessnitz-Preis)

Marcel Beyer, * 1965. Lebt in Dresden. Neben Romanen und Gedichtübersetzungen erschienen die Gedichtbände *Falsches Futter* (Suhrkamp Verlag, Frankfurt/Main 1997) und *Erdkunde* (DuMont Literatur und Kunst Verlag, Köln 2002). U.a. erhielt er 1997 den Uwe-Johnson-Preis und 2001 den Heinrich-Böll-Preis. »[Diese Gedichte scheinen] in ihrer enormen und gewissermaßen sparsamen Unheimlichkeit anzudeuten, wie man aus gänzlich diesseitiger, ›unpoetischer‹ geheimnis- und vibrationsloser Sprache verstörend intensive Gedichte machen kann.« (Jörg Drews, *Süddeutsche Zeitung*)

Nico Bleutge, * 1972 in München. Studium der Neueren Deutschen Literatur, Allgemeinen Rhetorik und Philosophie in Tübingen, seit 1999 Promotion über Robert Musil. Freier Kritiker u.a. für *Süddeutsche Zeitung*, *Neue Zürcher Zeitung* und *Stuttgarter Zeitung*, Redakteur der Zeitschrift *Das Gedicht*. Veröffentlichungen in Literaturzeitschriften und Anthologien, u.a. im *Jahrbuch der Lyrik 2004* (Verlag C. H. Beck, München 2003). 2001 Preisträger beim 9. open mike der literaturWERKstatt Berlin, Wolfgang-Weyrauch-Preis beim Literarischen März 2003. »[Bleutge überzeugt] mit seinen sehr präzis ausgeklügelten Gedichten, die eine mikroskopische und keineswegs nur auf den Blick beschränkte Sinneswahrnehmung sowie eine intellektuelle Beschäftigung mit der Sprache [zeigen].« (Tomas Fitzel, *Stuttgarter Zeitung*)

Bastian Böttcher, * 1974 in Bremen, lebt in Berlin. Er studierte Mediengestaltung in Weimar, 1993 gründete er mit DJ Lars Negro die Band »Zentrifugal«, 1995 Gewinner des open mike der literaturWERKstatt Berlin, 1997 Gewinner des 3. internationalen Poetry Slam in Amsterdam, 1998 1. Preis des Pegasus-Internet-Wettbewerbs. »Welch ein Böttcher! Der Rap-Lyriker Bastian Böttcher aus Weimar setzte dem Zusammenklang von Klang und Wort, zeitgemäss seziert und serviert, die Krone auf. Man ist versucht zu sagen, die Krone des Genialen.« *(Neue Luzerner Zeitung)*

Mirko Bonné, * 1965 in Tegernsee/Oberbayern, lebt im Holsteinischen bei Hamburg. Neben Romanen und zahlreichen Arbeiten für den Rundfunk veröffentlichte er u.a. die Gedichtbände *Langrenus* (Rospo Verlag, Hamburg 1994), *Gelenkiges Geschöpf* (ibid. 1996) und *Hibiskus Code* (DuMont Literatur und Kunst Verlag, Köln 2002). Übersetzungen der Lyrik von u.a. John Keats, Terry McDonagh und E. E. Cummings. 1990 und 1996 Übersetzerförderpreis der Hansestadt Hamburg, 1993 und 1999 Literaturförderpreis der Hansestadt Hamburg, Wolfgang-Weyrauch-Preis zum Literarischen März 2001, 2002 Ernst-Willner-Preis bei den 26. Tagen der deutschsprachigen Literatur in Klagenfurt. »Bonné schreibt Gedichte, die zwei sehr gegensätzliche Essentialien der Poesie verbinden: Evidenz und Mehrdeutigkeit, das Alltagsdetail und das Vexierbild. Es ist eine Dichtung, der das Ungesicherte, das Fragwürdige allein als gesichert gilt.« (Michael Braun, *Frankfurter Rundschau*)

Lars-Arvid Brischke, * 1972 in Dresden, aufgewachsen in Sachsen, 1994 – 2000 Studium der Energietechnik in Berlin, seit 2000 Tätigkeit als Energieingenieur in Zürich und Winterthur sowie als Doktorand in Stuttgart. 2000 Einladung zum Haidhauser Werkstattpreis, Einladung zum open mike der literaturWERKstatt Berlin, er veröffentlichte in Zeitschriften und Anthologien.

Annette Brüggemann, * 1973 in Detmold, lebt nach einem Aufenthalt in Wien wieder in Köln. Abgeschlossenes Studium der Germanistik, Anglistik und Geschichte an der Universität zu Köln, Tätigkeiten für den Rundfunk, 1997 1. Preis des Kurzprosawettbewerbs der Akademie Graz, Arbeitsstipendium des Landes Nordrhein-Westfalen, neben zahlreichen Veröffentlichungen erschien der Band *ungefrühstückt* (parasitenpresse, Köln 2000). Über die Texte von Annette Brüggemann urteilte Friederike Mayröcker: »1 Geheimtip.«

Helwig Brunner, * 1967, lebt in Graz/Steiermark. Abgeschlossene Studien der Musik und Biologie. Selbstständige Berufstätigkeit als Teilhaber eines Büros für ökologische Gutachten, Lehrtätigkeit an der Karl-Franzens-Universität Graz. Neben Erzählungen und Essays erschienen die Gedichtbände *Gelebter Granit* (Graphikum Verlag, Göttingen 1991), *Auf der Zunge das Fremde* (Leykam Verlag, Graz 1996), *Gehen, schauen, sagen* (Steirische Verlagsgesellschaft, Graz 2002) und *Aufzug oder Treppe*

(Grasl Verlag, Baden bei Wien 2002). 1999 1. Preis beim Essay-Wettbewerb der Akademie Graz, 2001 Ernst-Meister-Förderpreis für Lyrik der Stadt Hagen. »Seine Texte zeichnen sich durch eine präzise Sprache mit knappen Bildern aus, lyrisch erzählt und von auffälliger Musikalität.« *(LIT'FORM 2/2001)*

Eva Corino, * 1972 in Frankfurt/Main. Studium der Philosophie, Germanistik und Romanistik in Tübingen und an der École Normale Supérieure in Paris. Magisterarbeit über die späten Hymnen Hölderlins. Seit 1997 als Theaterkritikerin bei der *Berliner Zeitung* in Berlin. 2001 erschien ihr Gedichtband *Keine Zeit für Tragödien* (Berlin Verlag, Berlin). 2002 Stipendium der Kulturstiftung Berlin. »Corinos Gedichte sind reich instrumentiert: Rhetorische Formen der Steigerung, Wiederholung, Emphase wechseln mit lakonisch knappen Fügungen und eher gemütlich ausladenden Beschreibungen.« (Alexander von Bormann, *Frankfurter Rundschau*)

Crauss, * 1971, lebt in Siegen. Mitglied der Literaturgruppen AKTION MUSENFLUCHT und *Literarische Liaison Berlin*, Redakteur der Zeitschriften *Konzepte* und *Kritische Ausgabe*, Herausgeber im HAND verlag siegen. Verschiedene Auszeichnungen, u.a. 1999 Stipendium im Literarischen Colloquium Berlin, 2000 Literaturkurs Klagenfurt und electronic-vibes-preis der Stadt Dortmund, 2001 Am Erker Preis der Stadt Münster, 2002 Märkisches Literaturstipendium Lüdenscheid und 2002/3 Stipendium der Stiftung Deutscher Kulturfonds im Künstlerhaus Lukas in Ahrenshoop. Zahlreiche Veröffentlichungen, u.a. in *Prairie Schooner* 73 (University of Nebraska, Lincoln 1999) und *Großstadtlyrik*, Anthologie hg. v. Waltraud Wende (Reclam, Stuttgart 1999), zuletzt: *Crausstrophobie*, texte & remixes, »lyrikedition 2000« (München 2001) sowie KONtext sieGEN, digging in the dirt / massenmedien und kommunikation (Universitätsverlag, Siegen 2003). »Crauss rezitiert nicht, der Dichter wird hier zu seinem eigenen Musikinstrument, variiert, intoniert, wiederholt, steigert sich in eine Art Endlosschleife, fängt an zu singen, macht aus seinen Gedichten einen Schlager, eine Krimimelodie oder eine Drum'n'bass-Performance.« (Jan Sternberg, *Frankfurter Allgemeine Zeitung*)

Renatus Deckert, * 1977 in Dresden, lebt in Berlin. Studium der Literatur und Philosophie in Hamburg, Berlin und Paris. Schreibt Lyrik und Prosa, er ist Mitherausgeber der Literaturzeitschrift *Lose Blätter. Zeitschrift für Literatur und Photographie.* Veröffentlichungen in Zeitschriften.

Marcel Diel, * 1975 im Westerwald, lebt in Bonn. Veröffentlichungen in Anthologien und Zeitschriften, Auftritte in Radiosendungen und bei öffentlichen Lesungen. Vorstandsmitglied des VS Rheinland-Pfalz und des Förderkreises deutscher Schriftsteller in Rheinland-Pfalz. Mitglied des Dichtungsring (Bonn) und der Aktion Musenflucht (Siegen), Herausgeber der *Kritischen Ausgabe – Zeitschrift für Germanistik & Literatur* (auch im Internet unter *www.kritische-ausgabe.de*). Als Einzelpublikation erschien zuletzt *wesland – pathos der stadt* (Bonn 2001). »Marcel Diel [beherrscht] die sprache so, dass er es wie wenige zeitgenössische lyriker schafft, neben einem eigenen ton auch eine flieh- respektive fliesskraft zu entfalten, die in ihrem rhythmischen auf und ab gefangen nimmt.« *(Konzepte)*

Tanja Dückers, * 1968 in Berlin. Seit 1988 schriftstellerische Tätigkeit in deutscher und englischer Sprache. Abgeschlossenes Studium der Amerikanistik und Germanistik, längere Aufenthalte in den USA, den Niederlanden und Spanien. Neben Romanen, Erzählungen und Hörspielen erschienen die Lyrikbände *Morsezeichen* (BONsai-typART Verlag, Berlin 1996), *Fireman* (ibid. 1996) und *Luftpost* (Tropen Verlag, Köln 2001). 1996 La Belle-Literaturpreis, 1997 Stipendium der Stiftung Deutscher Kulturfonds, 1998 1. Preis für Reiseliteratur des Westfälischen Literaturbüros in Unna, 2000 Stipendium der »Villa Aurora« in Los Angeles, 2001 Stipendium des Berliner Senats. »Büstenhalter flattern im

Wind, abgebrochene Absätze stecken in der Friedrichstraße und Inlineskates zischen über marodes Gelände: Eine Art junger Asphaltlyrik, sehr eng am Zeitgeist.« (Bodo Mrozek, *Der Tagesspiegel*)

Daniel Falb, * 1977 in Berlin, 2001 Literaturpreis Prenzlauer Berg, er veröffentlichte in Zeitschriften. »Daniel Falb liest fast narrative Miniaturen, die sehr dicht sind und diszipliniert komponiert, dabei aber Gedanken eher freisetzen als sie einsperren.« (Karsten Kredel, *taz*)

Gerald Fiebig, * 1973, lebt in Augsburg und arbeitet in einem Verlag, von 1991 bis 2001 war er Redakteur der Literaturzeitschrift *Zeitriss*, seit 1999 gibt er das Musikfanzine *www.gebrauchtemusik.de* heraus und ist Mitglied der Hausmusikgruppe »Jesus Jackson und die Grenzlandreiter«. Neben Veröffentlichungen in Zeitschriften und Anthologien erschienen die Gedichtbände *kriechstrom* (Skarabaeus, Innsbruck 1996), *erinnerungen an die 90er jahre* (yedermann Verlag, Riemerling 2002), *normalzeit* (Skarabaeus, Innsbruck 2002) sowie die Sprech-CD *tracks & blauer dunst* (Elfenart Rec. 2002). »Das wirklich Neue an Fiebigs Gedichten liegt für mich darin, dass sie die der lyrischen Sprache der neunziger Jahre zur Verfügung stehenden Mittel nutzen, um zu einer zeitkritischen Aussage zu gelangen.« (Jan Röhnert, *www.titel-magazin.de*)

Christian Filips, * 1981 in Worms. Stationen: Osthofen, Eltville, Brüssel. Derzeit Studium der Philosophie und Germanistik in Wien. Neben Beiträgen in Zeitschriften und Anthologien erschien der Gedichtband *Schluck Auf Stein* (Elfenbein Verlag, Berlin 2001). 1998, 1999, 2000 und 2002 Förderpreise »Junges Literaturforum Hessen-Thüringen«, 2001 Rimbaud-Preis des *Österreichischen Rundfunks* und des *Standard*, 2001 3. Preis für Lyrik der Akademie Graz. »Seine komplexe, wendeltreppenartig sich durch Bildungs-Spiegelkabinette bewegende Lyrik ist nicht realistisch abbildend, sondern schafft einen eigenen und eigenständigen Sprach-Raum.« (Richard Reichensperger, *Der Standard*)

Saskia Fischer, *1971 in Schlema/Sachsen, sie übersiedelte 1986 in die Bundesrepublik, Studium der Theater-, Film- und Fernsehwissenschaften sowie Germanistik in Bochum, wo sie als freie Autorin lebt. 1996 Düsseldorfer Dichterpreis, 1997 Förderpreis für Literatur der Stadt Düsseldorf, 1999 Förderpreis für Literatur des Landes Nordrhein-Westfalen, 2001 Stipendium der Stiftung Kunst und Kultur Nordrhein-Westfalen. Neben diversen Veröffentlichungen in Anthologien und im Rundfunk erschienen die Bände *Latest News* (Edition Biograph, Düsseldorf 1995) und *Wenn ich Himmel wär* (Grupello Verlag, Düsseldorf 1998). »Saskia Fischers Gedichte erzählen kurze Geschichten in einer etwas verträumten Art auf hohem Niveau.« (Stefan Vogel, *Rheinische Post*)

Kersten Flenter, * 1966, lebt in Hannover, freier Journalist und Rundfunkautor, er ist Mitbegründer des Social-Beat-Netzwerkes 1993 und Veranstalter der gleichnamigen Lesereihe (bis 1999), Erfinder und Organisator des »Buchfrust« Music und Poetry-Festivals in Hannover (1995–99), seit 1998 ist er Herausgeber der »Edition Roadhouse«, neben Erzählungen erschienen die Gedichtbände *Drei Akkord Hinterhofträume* (Ariel Verlag, Riedstadt 1995), *Friss dieses Land* (Bunte Raben Verlag, Lintig-Meckelstedt 1996) und *Roadhouse 30451* (Edition Roadhouse, Hannover 1998). »In kraftvoller, unverbrauchter Sprache zeugt seine Lyrik von der Spannung innerer Zerrissenheit in einer kranken Welt.« *(Westdeutsche Allgemeine Zeitung)*

Franzobel, gezeugt am Tag des Gedichts 1966, geboren am 1.3.67 als Kind zweier Zirkusartisten, lebt heute als Popstar der österreichischen Literatur in Wien, Buenos Aires und im Burgenland, wo er ein Schloß besitzt, deklamiert jeden Morgen ein Gedicht, tanzt leidenschaftlich gern Sirthaki, spielt in mehreren Bands und lebt von Bestsellern. Zahlreiche Preise, u.a. 2002 den Arthur-Schnitzler-Preis. Letzte Bücher: *Shooting Star* (Ritter Verlag, Klagenfurt 2001) und *Lusthaus oder die Schule der Gemeinheit* (Zsolnay, Wien 2002).

Knut Gerwers, * 1969, lebt in Berlin. 1989 – 99 Mitarbeit beim VideoFest Berlin/transmediale, seit 1990 zahlreiche eigene Videoprojekte (Tapes & Installationen) sowie Internet-Projekte – Präsentationen auf zahlreichen internationalen Festivals, seit 1995 Arbeit im Bereich Video/Theater z.B. an der Volksbühne Berlin – u.a. mit Matthias Beltz und Hermann Treusch, diverse Bandprojekte als Sänger und Spoken Words Performer. 2000 Voraufführung von »System Himmel | gespenster der zukunft« am Piccolo Teatro Turin, 2001 Gewinner des Autorenwettbewerbs der Brecht-Tage, 2002 Projektionen am Theater Magdeburg und Auswahl für den Prosa-Preis des Literaturprogramms »Wolkenbügel«. 2003 Stipendium der Stiftung Deutscher Kulturfonds, seit 2001 zahlreiche Veröffentlichungen in Zeitschriften und Anthologien (Lyrik, Essays, Prosa); z. Zt. Arbeit an einem neuen Theaterstück.

Matthias Göritz, * 1969, lebt in Hamburg. Studium der Philosophie und Literaturwissenschaften. Längere Aufenthalte in Moskau, Paris und Chicago. Neben literarischen und wissenschaftlichen Veröffentlichungen in Zeitschriften und Anthologien und Übersetzungen u.a. des koreanischen Lyrikers Kim Kwang-Kyu (*Die Tiefe der Muschel*, 1999, gemeinsam mit Chong Hejong) erschien der Lyrikband *Loops* (Droschl Verlag, Graz 2001). Stipendien, Förder- und Lyrikpreise, so den Literaturpreis der Hansestadt Hamburg und ein Stipendium des Künstlerdorfs Schöppingen. Writer in Residence am Bard College (Annandale, NY). »Göritz' Gedichte stellen an ihre Leser die Anforderung, mitzufragen, nicht draußen zu bleiben. Indem der Autor sich selbst zum Verschwinden bringt, eröffnet er dem Leser die Möglichkeit, dem Gedicht zu begegnen, eine Art Glück.« (Ingeborg Gleichauf, *Deutschsprachige Literatur*)

Udo Grashoff, * 1966 in Halle/Saale, 1989 – 97 Sänger und Texter der Leipziger Band »Die (Z)erbrochenen Igel«, Diplom Biochemie 1992, Magister Geschichte und Germanistik 1999, lebt in Leipzig, arbeitet an einer zeitgeschichtlichen Promotion zum Thema Selbsttötung sowie als freier Journalist. Er veröffentlichte den Band *Ein Stück Schnee verteidigen* (Verlag Janos Stekovics, Halle/Saale 2001). »[...] dieses Buch ist das, was man getrost ein Ereignis nennen darf – ein unaufgeregt, zuweilen kühl, aber doch nachhaltig tönendes und eingarnendes Stück Literatur.« (Christian Eger, *Mitteldeutsche Zeitung*)

Alexander Gumz, *1974 in Berlin, Studium der Germanistik und Philosophie. Er ist Redakteur der deutsch-polnischen Literaturzeitschrift *WIR* und beim Kulturlabel »KOOK berlin – new york«, singt in der Band »False Alarm« und veröffentlichte in verschiedenen Zeitschriften und Anthologien. Wiener Werkstattpreis für Lyrik 2002.

René Hamann, * 1971 in Solingen, lebt in Köln, Studium der Germanistik, Anglistik und Philosophie. Er veröffentlichte in zahlreichen Zeitschriften und Anthologien sowie im Rundfunk. 2002 erschien der Gedichtband *katalan* (parasitenpresse, Köln 2002). »Hamann lässt das Zeichenmaterial der trivialen Kulturen in den Produktionsprozess mit einfließen. Hintergrund ist eine popkulturelle Sozialisation, die die Arbeit in den Umkreis einer wirklichen Popliteratur bringt.« (*Ticket*, Beilage des *Kölner Stadt-Anzeiger*)

Marcus Hammerschmitt, * 1967 in Saarbrücken, lebt in Tübingen. 1982 erste Gedichte. Studium der Philosophie und Literaturwissenschaft in Tübingen. Seit 1994 freier Schriftsteller. Prosaveröffentlichungen, u.a. *Der Glasmensch* (Suhrkamp Verlag, Frankfurt/Main 1995), *Instant Nirwana* (Aufbau-Verlag, Berlin und Weimar 1999), *Polyplay* (Argument Verlag, Hamburg 2002). Veröffentlichung von Gedichten in Zeitschriften.

Caroline Hartge, * 1966 in Hannover, lebt in Garbsen bei Hannover. Diverse Einzelveröffentlichungen, zuletzt (als Herausgeberin) *Aufklärung in 7 Kapiteln* (Buchlabor, Dresden 1999) und *GegenStand. Äußerungen in Wort und Bild 1988–1997. Ein Lesebuch* (Grundblick Verlag, Marburg

1999), *Totem* (Verlag Peter Engstler, Ostheim/Rhön 1996) und *Asche* (ibid. 2001).

Beatrix Haustein, * 1974 in Karl-Marx-Stadt (Chemnitz), verstarb 2002 in Stuttgart. Sie studierte am deutschen Literaturinstitut in Leipzig Lyrik, Dramatik und neue Medien. Danach arbeitete sie als freie Schriftstellerin. 1995 Zwickauer Literaturpreis, 1998 und 2000 Arbeitsstipendien des Sächsischen Staatsministeriums für Wissenschaft und Kunst, 1999 Stipendium des Künstlerdorfs Schöppingen, 2001 Stipendium der Akademie Schloß Solitude. Sie veröffentlichte die zwei Gedichtbände *Purpurrot* (Zytglogge Verlag, Bonn 1994) und *Engel in Öl* (ibid. 1998), der in zwei bibliophilen Ausgaben erschien, und arbeitete an einem weiteren Gedichtband, *Schwanenlied*, sowie an dem Roman *Milch*. »Ihre lakonischen Verse spielen mit den Mustern unserer Wahrnehmung. In ihren schönsten Versen wird die Welt ganz leicht, der Mond ist milchweiß, und Fische können in der Luft schwimmen.« (Nico Bleutge, *Stuttgarter Zeitung*)

Thomas Heinold, * 1967 in Nürnberg, Studium der Sozial- und Kommunikationswissenschaft, Feuilleton-Journalist bei der *Nürnberger Zeitung*. 1996 Literaturpreis der Nürnberger Buchläden, 1997 Finalist des Leonce-und-Lena-Preises, 2000 Finalist des Lyrikpreises Meran, 2001 Finalist des Leonce-und-Lena-Preises. Neben Veröffentlichungen in Zeitschriften und Anthologien, auch von Erzählungen, erschien sein Band *blick richtung burg* (Bachmaier Verlag, München 1999). »In verschachtelten Sätzen konstruiert Heinold poetische Brücken, die sein lyrisches Ich vom Gefühl der Verlorenheit wegführen könnten.« (Martin Droschke, *Nürnberger Nachrichten*)

Hauke Hückstädt, * 1969 in Schwedt/Oder, 1984 Ausreise in die BRD. 1995 – 2001 in der Leitung des Literarischen Salons Hannover tätig. Lebt als Autor in Göttingen und ist dort Geschäfts- und Programmleiter des Literarischen Zentrums. Neben Gedichten, Kritiken und Essays in

Zeitungen, Zeitschriften und Anthologien erschienen die Gedichtbände *Matrjoschkaschritt* (Verlag Eric van der Wal, Bergen/Niederlande 1995) und *Neue Heiterkeit* (zu Klampen! Verlag, Lüneburg 2001). Als Herausgeber außerdem: *Dominik Graf: Verstörung im Kino* sowie *Sujata Bhatt: Nothing is Black, Really Nothing*, Gedichte, zweisprachig (beide Wehrhahn Verlag, Laatzen 1998). »Die Gedichte in Hauke Hückstädts erster, größerer Einzelveröffentlichung wirken schlicht und unprätentiös. Anders als bei vielen anderen zeitgenössischen Lyrikern wird hier nicht die Sprache gezerrt, zerschlagen, fragmentarisch gebrochen, sondern sie bleibt einer ruhigen, nahezu besinnlichen Einfachheit verpflichtet.« (Enno Stahl, *DeutschlandRadio*)

Martina Hügli, * 1969 in Olten/Schweiz, aufgewachsen in Oxford, Münster und Basel. In Zürich schloß sie, nach längeren Aufenthalten in Moskau und Stanford/USA, 1994 das Studium der Slavistik, Germanistik und Philosophie ab und arbeitete anschließend im PhD-Programm der University of California, Los Angeles. Seit 1996 lebt sie in Basel, 1998 – 2002 Eurythmieausbildung in Dornach. 1996 Werkbeitrag des Kantons Basel-Stadt und der Pro Helvetia, 1997 Aufenthaltsstipendium beim Literarischen Colloquium Berlin, 1998 Werkjahr des Kantons Solothurn, 1999 Werkbeitrag der Kantone Basel-Stadt und Basel-Landschaft, 1999 nahm sie am Wettbewerb um den Leonce-und-Lena-Preis teil, 1999, 2000 und 2001 wurden ihr von der Stiftung Dr. Robert und Lina Thyll-Dürr Arbeitsaufenthalte auf Elba ermöglicht. Neben Veröffentlichungen in Zeitschriften, Zeitungen und Anthologien erschienen die Bände *Nicht gegen uns selbst immun* (Axel Dielmann Verlag, Frankfurt/Main 1998) und *am ohrenäquator* (ibid. 2000). »[...] sie weiß auch um den Zauber und die Magie der Bilder und überrascht mit teils schrillen, teils unscheinbaren Metaphern, die oft nur um die alles entscheidende Haaresbreite unsere Sehgewohnheiten unterlaufen.« (Roman Bucheli, *Neue Zürcher Zeitung*)

Hendrik Jackson, * 1971 in Düsseldorf, Studium der Theaterwissenschaft, Slavistik und Philosophie in Berlin. Er lebt als freier Autor und Übersetzer in Berlin und Köln. 1995–2001 Mitglied und Mitgründer der Aktionsgruppe »Das Lemma«. Mitinitiator der ersten und zweiten Berliner Lyrik-Spartakiade, 2001 Arbeitsstipendium für Übersetzer und Übersetzerinnen literarischer Werke der Berliner Senatsverwaltung, 2002 Rolf-Dieter-Brinkmann-Stipendium der Stadt Köln. Neben Veröffentlichungen in Zeitschriften und Anthologien und Übersetzungen erschienen die Gedichtbände *einflüsterungen von seitlich* (Morpheo Verlag, Berlin 2001) und *brausende bulgen* (edition per procura, Wien/Lana 2003). »Hendrik Jackson ist ein großer Sprachvirtuose und in formaler Hinsicht der wahrscheinlich begabteste Debutant seit Jahren.« *(Edit)*

Ingo Jacobs, * 1969 in Malmedy/Belgien, lebt in Köln. Neben Veröffentlichungen in Zeitschriften, Anthologien und im Rundfunk erschienen seine Gedichtbände *maisprühdose / geknautschte zone* (zusammen mit Norbert Hummelt, edition Krautgarten, St. Vith 1991) und *Lichtbildgerät* (Edition Krautgarten im Gollenstein Verlag, Blieskastel 1999). »Ingo Jacobs gelingt mit seiner Lyrik etwas Seltenes: mit großem Spaß eine schwierige Sache angemessen ernst zu betreiben. Auf der Höhe seiner Zeit bewegen sich die Gedichte mühelos durch unseren Alltag, ohne dabei Zugeständnisse an die Flüchtigkeit machen zu müssen.« *(Die Woche)*

Steffen Jacobs, * 1968 in Düsseldorf, lebt in Berlin. Arbeitete als Filmkritiker (u.a. für die *Frankfurter Allgemeine Zeitung*), Kolumnist (u.a. für *Die Welt*), Werbetexter (für die Werbung) und neuerdings als Übersetzer (der englischen Literaturkrimis von Kyril Bonfiglioli, demnächst bei Zweitausendeins). Zahlreiche Stipendien und Preise, u.a. 1998 Kunstpreis Berlin, Förderungspreis Literatur und 2002 Hugo-Ball-Förderpreis. Neben dem unter Jakob Stephan veröffentlichten »poetologischen Fortsetzungsroman« *Lyrische Visite oder Das nächste Gedicht, bitte* (Haffmans Verlag, Zürich 2000) erschienen die Lyrikbände *Der Alltag* *des Abenteurers* (S. Fischer Verlag, Frankfurt/Main 1996), *Geschulte Monade* (ibid. 1997) und *Angebot freundlicher Übernahme* (Buch & CD, Haffmans bei Zweitausendeins, Frankfurt/Main 2002). »Steffen Jacobs gehört zu den wenigen Dichtern, die die Lyrik von dem Ruf befreien, eine Sache für Eingeweihte, für Spezialisten zu sein. Er führt seine Leser, seine Hörer heraus ins Freie der Erfahrung, des Witzes, der Heiterkeit. In das Abenteuer von zehn oder dreißig Versen, nach deren Lektüre man seine Umwelt ein wenig anders sieht: schärfer, ironischer, aber auch gelassener.« (Harald Hartung, Laudatio zum Hugo-Ball-Förderpreis 2002)

Johannes Jansen, * 1966 in Berlin, aufgewachsen in Freiberg, Leipzig und Pankow, absolvierte eine Lehre als Graveur und studierte Gebrauchsgrafik. Seit 1988 lebt er als freier Schriftsteller und Grafiker in Berlin. 1996 Preis des Landes Kärnten beim Ingeborg-Bachmann-Wettbewerb, 1997 Ehrengabe der Deutschen Schillerstiftung, 2002 Aufenthaltsstipendium der Akademie Schloß Wiepersdorf, Aufenthaltsstipendium im Schloß Solitude. Neben zahlreichen Prosaveröffentlichungen erschienen die Gedichtbände *Poesiealbum 248* (Verlag Neues Leben, Berlin 1988) und *prost neuland* (Aufbau-Verlag, Berlin und Weimar 1990).

Adrian Kasnitz, * 1974 in Wormditt, lebt in Köln, 1995 – 2002 Studium der Geschichte, Germanistik, Romanistik und Osteuropäischen Geschichte, z. Zt. arbeitet er am Kulturwissenschaftlichen Forschungskolleg der Universität zu Köln. 2001 Arbeitsstipendium des Landes Nordrhein-Westfalen, neben Veröffentlichungen von Prosa, Essays und Photographien in Zeitschriften und Anthologien erschienen seine Gedichtbände *Lippenbekenntnisse* (parasitenpresse, Köln 2000) und *Reichstag bei Regen* (Lyrikedition 2000, München 2002).

Thomas Klees, * 1966 in Bremen, aufgewachsen in Hannover, lebt in Hamburg. Schauspielschule in Hamburg, Arbeit an diversen Stadttheatern und in der freien Szene. Neben journalistischen Arbeiten veröffentlichte er den Gedichtband *spurlos werden* (Deutsche Verlags-Anstalt, Stuttgart 1999). 2000 Aufenthaltsstipendium im Literarischen Colloquium Berlin. »Wenn er von Natur spricht, vertritt der Autor weder ein romantisches Programm, noch vergafft er sich esoterisch in die unschuldige ›Reinheit‹ der Natur. Vielmehr werden aus alltäglichen Situationen der Enge und der Erfahrung der Begrenztheit von Subjektivität lyrische Blicke oder Gänge ins Weite entwickelt, die auch um die vielfältige Beschädigung der Natur wissen.« (Matthias Kußmann, *SWR 2*)

Nicolai Kobus, * 1968 in Stadtlohn/Westfalen, Studium der Musikwissenschaft, Germanistik und Philosophie in Münster, 1993 – 98 Redakteur und Mitherausgeber der Literaturzeitschrift *Chiffre.* Er lebt als freier Musik- und Literaturkritiker seit 1999 in Hamburg., 1999 Wolfgang-Weyrauch-Förderpreis, 2001 Arbeitsstipendium der Stiftung Künstlerdorf Schöppingen, 2002 Arbeitsstipendium der Stiftung Deutscher Kulturfonds im Künstlerhaus Lukas in Ahrenshoop. Er veröffentlichte in zahlreichen Zeitschriften und Anthologien. »Sensibel gefühlte Sprachgewalt. Exzellentes handwerkliches Können.« *(Westfälische Nachrichten)*

Sabine Küchler, * 1965 in Bremen, Studium der Germanistik und Theaterwissenschaft in Berlin, ist seit 1993 Redakteurin beim *Deutschlandfunk* in Köln. 1995 erhielt sie den Förderpreis zum Friedrich-Hölderlin-Preis der Stadt Homburg und den Förderpreis des Landes Nordrhein-Westfalen für junge Künstlerinnen und Künstler, neben Hörspielen veröffentlichte sie die Bände *Ich erklär es mir so. Gedichte* (Verlag Eric van der Wal, Bergen/Niederlande 1990), *In meinem letzten Leben war ich die Callas. Erzählungen* (Suhrkamp Verlag, Frankfurt/Main 1993), *Vom schwierigen Vergnügen der Poesie* (Hg. mit Denis Scheck, Straelener Manuskripte, Straelen 1997). »Sabine Küchlers sensible Verse meiden den schrillen, oft rüden Lärm, den einige ihrer Generationsgenossen mit

Erfolg zelebrieren. Sie spricht von sich, in einem eigenen, kunstvoll gebrochenen Ton, der die Traditionsspur der ›alten Lieder‹ – unterm ›Laub‹ gegraben – nicht leugnet.« (Michael Buselmeier, *Freitag*)

Björn Kuhligk, * 1975 in Berlin, arbeitet als Buchhändler. 1997 Preisträger des 5. open mike der literaturWERKstatt Berlin, 2. Preis des Allegra-Literaturwettbewerbs, 1998 Rheda-Wiedenbrücker Förderpreis, 1999 Poetensitz der *Edition Passagen*, 2000 Preisträger der Brecht-Tage des Literaturforums im Brecht-Haus, 2001 Gewinner der Sparte Lyrik an der Literaturbörse des Steirischen Herbstes. Neben Veröffentlichungen in Zeitschriften und Anthologien erschienen die Gedichtbände *Es gibt hier keine Küstenstraßen* (Lyrikedition 2000, München 2001) und *Am Ende kommen Touristen* (Berlin Verlag, Berlin 2002). »[...] ein Asphalt-Rimbaud, halb humorig, halb pathetisch [...] stets ist es die präzise Sinnlichkeit, die besticht. Das genaue Hinsehen, in jene Zwischenräume sprachlicher Gewebe, in denen sich Erfahrungen auf geheimnisvolle Weise öffnen.« (Tanja Langer, *Der Tagesspiegel*)

Thomas Kunst, * 1965 in Stralsund, 1986 Umzug nach Leipzig und Beginn eines Pädagogikstudiums, das später abgebrochen wurde. Seit Ende der 80er Jahre Arbeit in der Deutschen Bücherei Leipzig. Neben Prosaarbeiten erschienen die Gedichtbände oder Gedichte enthaltenden Bände *Besorg noch für das Segel die Chaussee* (Reclam Verlag, Leipzig 1991), *Die Verteilung des Lächelns bei Gegenwehr* (Connewitzer Verlagsbuchhandlung, Leipzig 1992), *Medelotti* (Verlag Druckhaus Galrev, Berlin 1994), *Der Schaum und die Zeichnung vom Pferd* (Kowalke & Co. Verlag, Berlin 1998). 1996 Dresdner Lyrikpreis, 1999 Stipendium in Amsterdam, 2003 Stipendium der Villa Massimo in Rom. »In einem Spiel der Transpositionen, der Verschiebung von Worten im Satzgefüge, die den herkömmlichen Sinn brechen – auf der Suche nach Epiphanien – entstehen junge Sätze nach den alten Regeln der Sehnsucht. Die Lyrik des Thomas Kunst vermittelt das Gefühl der Sympathie mit den stummen Dingen – immer wieder kommen sie auf seine Subjekte zu und setzen diese erst in Bewegung – vermitteln ein Gefühl der Zusammengehörigkeit aller Körper in dieser irdischen räumlichen Welt, als bestünde der Körper dieses Dichters aus lauter Chiffren, die ihm alles aufschließen.« *(Die Welt)*

Stan Lafleur, * 1968 in Karlsruhe, lebt in Köln. Diverse Tätigkeiten, 1994 – 98 Herausgeber der Zeitschrift *elektropansen*, Initiator der Kölner Sprechecke, Mitinitiator der Rheinischen Brigade, Sieger verschiedener Poetry Slams. 1999 Endrundenteilnahme beim open mike der literaturWERKstatt Berlin, 2001 Rolf-Dieter-Brinkmann-Stipendium der Stadt Köln, 2002 Literaturpreis Nordrhein-Westfalen in der Sparte Lyrik, neben zahlreichen Veröffentlichungen in Zeitschriften und Anthologien erschienen die Gedichtbände *fresse (verse)* (Genie & Alltag, Köln/Düsseldorf 1998), *goldene momente* (parasitenpresse, Köln 2000) und *palmalyren* (edition roadhouse, Hannover 2002). »Eine dichte und schöne und witzige und komische und hinreißend lyrische Bearbeitung westdeutscher Idyllen.« (Birgit Vanderbeke)

Christian Lehnert, *1969 in Dresden, studierte Religionswissenschaft, Orientalistik und Theologie. 1996 Förderpreis zum Leonce-und-Lena-Preis, 1998 Dresdner Lyrikpreis, 1999 Hermann-Lenz-Stipendium, 2001 Förderpreis Literatur des Kulturkreises der deutschen Wirtschaft im BDI. Zuletzt erschienen die Gedichtbände *Der gefesselte Sänger* (Suhrkamp Verlag, Frankfurt/Main 1997), *Der Augen Aufgang* (ibid. 2000) und *Finisterre* (Edition Korrespondenzen, Wien 2002). »Christian Lehnert rekonstruiert in seinen dunkel dahinströmenden Ursprungsbildern und halluzinatorischen Phantasien Einsichten und Erleuchtungen der Mystik, seine Texte haben die Innigkeit und visionäre Kraft von Gebeten.« (Michael Braun, *Freitag*)

Maik Lippert, * 1966 in Erfurt, pendelt mit seinem Leben zwischen Kleinfahner (bei Erfurt) und Frankfurt/Main. 1986 – 91 Ökonomiestudium in Moskau, arbeitet seit 1994 kaufmännisch unter Ausbeutung erworbener Russischkenntnisse, zahlreiche Veröffentlichungen in Zeitschriften und Anthologien. 2000 Preis der Zeitschrift *Das Magazin* zum Literaturwettbewerb des Mitteldeutschen Rundfunks, 2001 Wolfgang-Weyrauch-Förderpreis zum Literarischen März in Darmstadt und Stipendiat des 5. Klagenfurter Literaturkurses. »Maik Lipperts den Alltag aufwirbelnde Gedichte bringen verschmitzt eine ungekünstelte Frische ins zeitgenössische Gedicht, den plebejischen Mutterwitz eines hemdsärmeligen Barden.« (Jury des Literarischen März 2001)

Anja Nioduschewski, * 1971 in Sondershausen/Thüringen, Studium der Journalistik in Leipzig, Hospitanzen und Assistenzen an Theatern und in Verlagen. Sie arbeitet als freie Theaterkritikerin für verschiedene Zeitungen und lebt als freie Autorin in Berlin. 1999 Wolfgang-Weyrauch-Förderpreis für Lyrik. »Anja Nioduschewskis sprachbewegende Gedichte sprechen für ihr kühn-gewitztes Talent; sie balancieren wirbelnde Wahrnehmungen ihrer Generation mit poetischen Wendungen hin zu einer aufblitzenden Schönheit in denkbar weiter Entfernung zum Pastell.« (Jury des Leonce-und-Lena-Wettbewerbs 1999)

Alexander Nitzberg, * 1969 in Moskau, kam mit zehn Jahren nach Deutschland. Seit 1990 lebt und arbeitet er in Düsseldorf (Studium der Germanistik und Philosophie). 1996 erhielt er den Ersten Düsseldorfer Lyrikpreis, 1998 den Förderpreis für Literatur der Stadt Düsseldorf und den Förderpreis für Literatur des Landes Nordrhein-Westfalen. 2002 wurde ihm der Joachim Ringelnatz-Preis der Stadt Cuxhaven (Nachwuchspreis) verliehen. Lektorentätigkeit beim Düsseldorfer Grupello Verlag, wo er 1997 – 2000 eine Reihe der russischen Lyrik des 20. Jahrhunderts (Reihe Chamäleon) herausgab. Im Jahr 2000 erschienen bei Suhrkamp seine Übersetzungen von Anna Achmatovas Liebesgedichten *Ich lebe aus dem Mond, du aus der Sonne.* Mittlerweile hat er mehrere eigene Lyrikbände, 1996 *Getrocknete Ohren*, 1998 *Im Anfang war mein Wort* und zuletzt *›Na also‹ sprach Zarathustra* (2000) vorgelegt. »So könnte man als erstes versucht sein, von einem lyrischen Nachtöner zu sprechen, wenn nicht gar von einem Allroundepigonen. Nur daß dieser zugereiste Musenjüngling einfach zu gut ist, als daß solche probaten Einwände widerspruchsfrei verfingen.« (Peter Rühmkorf, *DIE ZEIT*)

Albert Ostermaier, * 1967, lebt in München. Lyriker, Dramatiker, mit zahlreichen Preisen geehrt, neben Stücken und Materialien erschienen die Gedichtbände *Herz Vers Sagen* (Suhrkamp Verlag, Frankfurt/Main 1995), *fremdkörper hautnah* (ibid. 1997), *Heartcore* (ibid. 1999) und *Autokino* (ibid. 2001). »Albert Ostermaier ist ein hervorragender Lyriker, der sich frei macht von Konventionen und literaturtheoretischen Fesseln. Aus Assoziationsfeldern und Wortkombinationen destilliert er eine genaue, dichte, harte Gegenwartspoesie.« (Stefan Sprang, *Deutschlandfunk*)

Dirk von Petersdorff, * 1966 in Kiel, unterrichtet Literaturwissenschaft an der Universität Saarbrücken. Neben einer Sammlung von Essays und zahlreichen Veröffentlichungen in Zeitschriften und Anthologien erschienen die Gedichtbände *Wie es weitergeht* (S. Fischer Verlag, Frankfurt/Main 1992), *Zeitlösung* (ibid. 1995), *Bekenntnisse und Postkarten* (ibid. 1999) sowie der Essay-Band *Verlorene Kämpfe* (ibid. 2001). 1991 1. Förderpreis zum Leonce-und-Lena-Preis beim Literarischen März, 1998 Kleist-Preis, 2000 Preis der LiteraTour-Nord. »Dirk von Petersdorff versucht nämlich etwas sehr Bemerkenswertes: ein postmodernes Pathos, ja einen lyrischen Existentialismus. Freilich auf eine Weise, die Spiel und Ironie nicht außer Kraft setzen.« (Harald Hartung, *Frankfurter Allgemeine Zeitung*)

Steffen Popp, * 1978 in Greifswald, aufgewachsen in Dresden. Verschiedene geistige Studien in Leipzig und Berlin, 2002 Stipendium des Berliner Senats für das epische Sonderwerk *Ohrenberg oder der Weg dorthin.*

Marion Poschmann, * 1969 in Essen. Studium der Germanistik, Philosophie und Slavistik, seit 1997 Tätigkeit im Rahmen des deutsch-polnischen Grenzprojektes »Spotkanie«. Neben einem Roman und Veröffentlichungen in Zeitschriften und Anthologien erschien der Gedichtband *Verschlossene Kammern* (zu Klampen! Verlag, Lüneburg 2002). 2000 Stipendium der Stiftung Deutscher Kulturfonds, 2002 Alfred-Döblin-Stipendium, 2003 Autoren-Förderungsprogramm der Stiftung Niedersachsen, Wolfgang-Weyrauch-Preis beim Literarischen März 2003. »Ihr kommen keine abgegriffenen Metaphern in die Quere, sie hat sich eine eigene Welt geschaffen, in der sie daheim ist und an der sie uns teilhaben lässt, weil ihre Sprache nach Aufmerksamkeit heischt.« *(Salzburger Nachrichten)*

Boris Preckwitz, * 1968 in Hannover, lebt in Berlin und arbeitet im Marketing einer Medienfirma. Studium der Germanistik, Philosophie, Politik und Komparatistik in Göttingen, Hamburg und London. 1996 – 98 Mitveranstalter und Moderator der Hamburger Poetry Slams. Zahlreiche Veröffentlichungen in Zeitschriften und Anthologien. 1997 Arbeitsstipendium des Landes Niedersachsen für Literatur, August 1997 Teilnahme an der 8. U.S. National Poetry Slam Championship, 1998 Preisträger beim 6. open mike der literaturWERKstatt Berlin, 1999 Teilnahme am 30. Poetry International Rotterdam Festival. »Tatsächlich kannte Boris Preckwitz in seinen wilden, frei vorgetragenen Montagen, seiner Wortwut und Bilderballung kein Erbarmen.« *(Kieler Nachrichten)*

Arne Rautenberg, * 1967 in Kiel, Studium der Kunstgeschichte, Neueren Deutschen Literaturwissenschaft und Volkskunde. 1996/97 Jahresstipendium des Landes Schleswig-Holstein, 1999 Stipendium des Klagenfurter Literaturkurses, 2000 Arbeitsstipendium des Landes Schleswig-Holstein, Arbeitsstipendium des Bundespräsidialamtes, Arbeitsstipendium für hochbegabten Schriftstellernachwuchs des Nordkollegs und der Arno-Schmidt-Stiftung, 2001 Dritter Lyrikpreis der Akademie Graz, Christine-Lavant-Publikumspreis, neben dem Roman

Der Sperrmüllkönig (Hoffmann und Campe Verlag, Hamburg 2002) und Veröffentlichungen in Zeitschriften und Anthologien erschienen die Lyrikbände *Neondämmerlicht* (Bunte Raben Verlag, Lintig-Meckelstedt 1996) und *alle hebel umgelegt auf faulen fisch* (Konrad Kirsch Verlag, Sulzbach 1999). »Leichtigkeit, selbstironischer Witz und ein gutes Rhythmusgefühl bestimmen Rautenbergs Alltagsbeobachtungen.« *(taz)*

Nikola Richter, * 1976 in Hamburg, lebt in Berlin, Studium der Germanistik, Anglistik und Komparatistik. Sie ist Chefredakteurin des online-Literaturmagazins *www.schriftstelle.de* und Gründungsmitglied der Berliner Lesebühne »visch & ferse«, z. Zt. arbeitet sie als Sprachlektorin an der Universität von Pécs/Ungarn. Sie wurde u. a. mit dem 3. Lyrikpreis Allegra 1997 und dem KUBO-Literaturpreis Bremen 1998 ausgezeichnet, 2000 wurde sie zum 8. open mike der literaturWERKstatt Berlin eingeladen, sie veröffentlichte in Zeitschriften und Anthologien.

Monika Rinck, * 1969 in Zweibrücken, lebt in Berlin. Studium der Religionswissenschaft, Geschichte und Vergleichenden Literaturwissenschaft in Bochum, Berlin und Yale. Neben Prosaarbeiten wurden ihre Gedichte in zahlreichen Zeitschriften veröffentlicht. Im Sommer 2001 Teilnahme an der Plakataktion »Literaturhäuser bringen Poesie in die Stadt«, 2003 Stipendiatin der Stiftung Niedersachsen Lyrik. »Monika Rincks Gedichte [...] erinnern an Reportagen, die von seltsamen, brechenden Wirklichkeiten berichten. [...] Rincks Texte haben, so voller Witz sie sein mögen, immer etwas verflixt Verstörendes, als lungere der Wahnsinn an der nächsten Ecke.« (Tom Dorow, *junge Welt*)

Jan Volker Röhnert, *1976 in Gera/Thüringen. Seit 1996 Studium (Auslandsgermanistik, Romanistik, Erziehungswissenschaften und Germanistische Literatur) in Jena. Studien- und Arbeitsaufenthalte in Frankreich und Italien. 2002 Magisterarbeit zur Reiselyrik Rolf Dieter Brinkmanns. Er arbeitet an der Friedrich-Schiller-Universität Jena. 2002

Preisträger des Literaturforums Hessen-Thüringen. Neben Rezensionen und Gedichtveröffentlichungen in diversen Zeitschriften erschien *Fragment zum französischen Süden 1&2* (Band 7 der »Lyrischen Reihe« der »edition bauwagen«, Itzehoe 2001) und *Burgruinenblues* (edition muschelkalk, Weimar 2003). »[Röhnert] scheint mir einer der zur Zeit nachdrängenden Garanten dafür zu sein, daß Lyrik nicht nur lebt, sondern auch frisch und lebendig bleibt.« (Theo Breuer, *Faltblatt*)

Hendrik Rost, * 1969 in Burgsteinfurt/Westfalen. Studium der Germanistik und Philosophie in Kiel und Düsseldorf. Zahlreiche Veröffentlichungen in Zeitschriften und Anthologien, außerdem die Gedichtbände *Fliegende Schatten* (Edition Solitude, Stuttgart 1999) und *Aerobic und Gegenliebe* (Grupello Verlag, Düsseldorf 2001). 1998 Stipendium der Akademie Schloß Solitude und Förderpreis für Literatur der Hansestadt Hamburg, 2000 Clemens Brentano Preis der Stadt Heidelberg, 2001 Wolfgang-Weyrauch-Preis beim Literarischen März in Darmstadt, Stipendium im Literarischen Colloquium Berlin, 2002 Dresdner Lyrikpreis. »Spröde Gedichte, die zu Herzen gehen.« (Ingo Schulze, *Die Woche*)

Silke Scheuermann, * 1973 in Karlsruhe, studierte Theater- und Literaturwissenschaften in Frankfurt/Main, Leipzig und Paris, 2001 Leonce-und-Lena-Preis der Stadt Darmstadt, 2002 Aufenthaltsstipendium im Literarischen Colloquium Berlin, neben Kritiken veröffentlichte sie Gedichte und Erzählungen in Zeitschriften und Anthologien und den Band *Der Tag an dem die Möwen zweistimmig sangen* (Suhrkamp Verlag, Frankfurt/Main 2001) »Silke Scheuermann ist etwas anders als die andern: eine unerschrockene Analytikerin mit dem ›Sezierpapier‹, eine Forscherin auf dem ›Vorstoß ins Unsichtbare‹ [...]. Man überträgt es gerne auf das Training, das Silke Scheuermann absolvierte, um so glänzend starten zu können.« *(Frankfurter Allgemeine Zeitung)*

Jörg Schieke, * 1965 in Rostock. Schule und Abitur in Stralsund, 1986 – 88 Studium der Germanistik und Geschichte in Halle/Saale, 1988 – 91 freier Mitarbeiter beim Verlag Neues Leben Berlin (Redaktion Poesiealbum), von 1991 – 95 verschiedene Tätigkeiten in Berlin, 1995 – 99 Direktstudium am Deutschen Literaturinstitut Leipzig. 1997/98 Geschäftsführer und Redakteur der Literaturzeitschrift *Edit*, lebt seit 1998 als Autor und Lektor in Leipzig. Neben Veröffentlichungen in Zeitschriften und Anthologien erschienen die Gedichtbände oder Gedichte enthaltenden Bände *Die Rosen zitieren die Adern* (Druckhaus Galrev, Berlin 1996) und *Seemanns Gesten* (Connewitzer Verlagsbuchhandlung, Leipzig 1997). 1996 Clemens Brentano Preis der Stadt Heidelberg. »So entsteht im Aneinanderreihen von Splittern, die kein vollständiges Bild mehr ergeben, ein filigranes Netz von Imaginationen. Sie lassen vage das Gefühl des Verlustes ahnen. Doch selbst die Herkunft dieses Verlustes scheint sich im Lauf der Texte zu vergessen.« (Cornelia Jentzsch, *Berliner Zeitung*)

Sabine Schiffner, * 1965 in Bremen, lebt in Köln. 1985 – 92 Studium der Theaterwissenschaften, Germanistik und Psychologie in Köln, 1992 – 95 Regieassistentin am Kölner Schauspielhaus, 1996/97 Dozentin für Lyrik und Mittelhochdeutsche Lyrik, seit 1998 freie Lektorin im Sachbuchverlag. Neben diversen Veröffentlichungen in Zeitschriften und Anthologien und einem Hörspiel erschien der Gedichtband *besteck im kopf* (Emons Verlag, Köln 1995). 1997 Reiseförderung für eine Lesung in San Francisco der Stiftung Kunst und Kultur des Landes NRW, 1997/98 Förderung einer Lesereihe »Eupener Speicher« der Stadtsparkasse Köln und der Stiftung Kunst und Kultur des Landes NRW, 2002 Stipendium des Deutschen Kulturfonds für das Künstlerhaus Lukas in Ahrenshoop. »[In Schiffners Gedichten] wird eine romantische Moderne aufgebaut, die im Stocken gehalten wird durch Abgeschliffenes, Abgerissenes: angeschwemmte Sprachflösse, die ineinandergeschoben werden und Halt bieten für schwelgende Momentaufnahmen, für Traumhaftes, Gleitendes.« (Dieter M. Gräf, *Basler Zeitung*)

Thilo Schmid, * 1973 in Nagold, lebt in München und arbeitet als Buchhändler. 1995 und 1996 Förderpreis des Jungen Literaturforums Hessen-Thüringen, 1996 Jurypreis der Hattinger Literaturtage, Förderpreis der Autorenvereinigung Wesel, 1997 1. Preis des Internationalen Jungautorenwettbewerbs Regensburg, Stipendium im Künstlerhaus Rolfshagen, Finalist des Leonce-und-Lena-Preises, Förderpreis für Literatur der Stadt Konstanz, 1998 Haidhauser Werkstattpreis, Arbeitsstipendium des Landes Nordrhein-Westfalen, 1999 Preis des 5. concorso internazionale di poesia Arturo lannace, Benevento, Italia, 2. Preis des Rheda-Wiedenbrücker Literaturwettbewerbs, neben zahlreichen Veröffentlichungen in Zeitschriften erschienen die Bände *Silbersonden* (Vacat Verlag, Potsdam 1996) und *Lagernde* (ibid. 1999).

Sabine Scho, * 1970 in Ochtrup. Studium der Germanistik und Philosophie in Münster. Lebt in Hamburg. 2000 GWK-Förderpreis der westfälischen Wirtschaft für Literatur, 2001 Leonce-und-Lena-Preis (zusammen mit Silke Scheuermann), Ernst-Meister-Förderpreis, Förderpreis des Landes Nordrhein-Westfalen für junge Künstler und Künstlerinnen, 2003 Villa Aurora Stipendium Los Angeles. Zuletzt erschien der Gedicht- und Fotoband *Album* in der Lyrikreihe *Dichter entdecken Dichter* des Europa Verlages unter dem Titel *Thomas Kling entdeckt Sabine Scho* (Hamburg 2001). »Die hohe – durchrhythmisierte – Sprachbewußtheit, auch die Thematik der jüngeren, totalitären Vergangenheit teilt die Dreißigjährige mit Marcel Beyer. Zusammen mit dessen Gedichtband *Falsches Futter* gehört Sabine Schos *Album*, das ist jetzt schon abzusehen, zu den wichtigsten, nicht zuletzt durch die offene Geschlossenheit überzeugenden deutschen Gedichtbüchern der letzten Jahre.« (Thomas Kling, *Bildwandlerinnen*, aus: Thomas Kling, *Botenstoffe*, DuMont Buchverlag, Köln 2001) »Die Bilder werden nicht einfach beschrieben, sondern produktiv anverwandelt und filmisch in Bewegung gesetzt. [...] Alltagssprache und Zitate, fremdsprachliche Wendungen und Fachjargon gelangen hier in eine poetische Sortiermaschine, die die Spreu vom Weizen trennt.« (Richard Kämmerlings, *Frankfurter Allgemeine Zeitung*)

Silke Andrea Schuemmer, *1973 in Aachen, promovierte Kunsthistorikerin, Kolumnistin und Mitarbeiterin bei verschiedenen Zeitungen. 1994 Aufenthaltsstipendium im Literarischen Colloquium Berlin, 1995 Arbeitsstipendium des Landes Nordrhein-Westfalen, 1996 Aufenthaltsstipendium des Deutschen Kulturfonds im Künstlerhaus Lukas in Ahrenshoop, foglio-Literaturpreis, 1997 Christine-Lavant-Förderpreis für Lyrik, 1998 Stadtschreiberin von Otterndorf, 1999 Georg-Christoph-Lichtenberg-Preis für Literatur, 2000 2. Platz Gratwanderpreis der Zeitschrift *Playboy*, neben diversen Veröffentlichungen in Zeitschriften und Anthologien und im Rundfunk erschienen der Gedichtband *Triptychon oder Salzig schmeckt der Algenstrang* (edition fiebig, Berlin 1996) und die Erzählung *Die Form des Fisches ist sein Wissen über das Wasser* (Mariannenpresse, Berlin 1996). »Ihre Gedichte entwerfen Körperbilder, in denen Verletzungen und Auflösungen als Gegenwartserfahrungen in Sprache transportiert werden, wobei das Bildmaterial der Tradition auf eigenständige Weise fortgeschrieben wird.« (Jury des Christine-Lavant-Förderpreises 1997)

Tom Schulz, * 1970 in Sachsen, aufgewachsen in Ost-Berlin, lebt ebenda z. Zt. als vom »Arbeitsamt geförderter Autor«. Gedichte, Prosa und Kritiken in Zeitungen, Zeitschriften und Anthologien. Einzelveröffentlichungen: *Städte, geräumt.* Gedichte (Laufschrift Edition, Fürth 1997) und *Trauer über Tunis.* Gedichte (parasitenpresse, Köln 2001). Ein nächster Gedichtband erscheint im Herbst 2003 im KRASH-Verlag (Köln). »Tom Schulz [...] verschmilzt detailgenaues Registrieren der urbanen Umgebung mit Einflüssen der ›hard-boiled-poetry‹ und intellektuell-erkenntnistheoretischen Tendenzen. Seine Gedichte beziehen allgemeinere gesellschaftliche Positionen; die Wahrnehmung wird durch die soziale Realität politisiert.« (Enno Stahl, *DeutschlandRadio*)

Daniela Seel, * 1974 in Frankfurt/Main, lebt und arbeitet als Autorin, Redakteurin und Verlegerin in Idstein und Berlin. Mitglied der Redaktion von KOOKread, dem Literaturzweig des Künstler-für-Künstler-

Netzwerkes KOOK, und Gründerin des Verlages KOOKbooks. Außerdem moderiert sie im »lauter niemand literaturlabor«. Ihre Gedichte wurden in Zeitschriften, Anthologien und im Internet veröffentlicht.

Volker Sielaff, * 1966 in der Lausitz, lebt als Autor und freier Kulturjournalist in Dresden. Seit 1990 veröffentlicht er Gedichte, Essays und Kritiken in Zeitschriften, Anthologien und Tageszeitungen wie dem *Tagesspiegel* und der *Frankfurter Rundschau*. Seine Gedichte wurden ins Englische, Tschechische, Ungarische und Arabische übersetzt. »Eine sanfte, nicht zornige Stimme, die in Andeutungen, in Schnappschüssen, in Ausschnitten das Leben vor unsere Augen legt, uns leicht, aber eindringlich sagt, wie wichtig der Augenblick ist, und so unser Herz unter Spannung setzt.« (Joachim Sartorius)

Rainer Stolz, * 1966 in Hamburg, Ausbildung zum Verlagskaufmann, Studium der Soziologie, Psychologie und Philosophie, lebt seit 1995 als freier Autor in Berlin. Herausgeber der »Lyrik Lounge« im Berliner Stadtmagazin *Tip* und Mitherausgeber der Liebeslyrik-Anthologie *Feuer, bitte!* (Dahlemer Verlagsanstalt, Berlin 2003). Er veröffentlichte in zahlreichen Zeitschriften und Anthologien. »Gekonntes Sprachspiel von Rainer Stolz.« (Thomas Poiss, *Frankfurter Allgemeine Zeitung*)

Uwe Tellkamp, * 1968 in Dresden, lebt in München. Medizinstudium in Leipzig, New York und Dresden, parallel einige Semester Philosophiestudium. Arbeitete als Arzt an einer unfallchirurgischen Klinik in Dresden, nun freier Autor. Forschungen über Farne und Käfer. Schachspieler, Spinnangler und Waldgänger. Neben einem Roman Gedichtveröffentlichungen in Zeitschriften und Anthologien. 2002 Sächsisches Staatsstipendium für Literatur, ebenfalls 2002 Förderpreis beim Lyrikwettbewerb Meran. »Schon ist man gefangen von der kühnen Metaphorik, durch wahrlich kosmische Bildwelten geht es, aber man weiß, dass der Dichter seine Rede im Griff hat.« (Ijoma Mangold, *Süddeutsche Zeitung*)

Raphael Urweider, * 1974 in Biel/Schweiz, lebt und arbeitet in Bern. 1999 Leonce-und-Lena-Preis der Stadt Darmstadt, 2001 Literatur-Förderpreis Bremen, 2002 3sat-Preis bei den 26. Tagen der deutschsprachigen Literatur in Klagenfurt, New-York-Stipendium zum Kranichsteiner Literaturpreis. Zuletzt erschien der Gedichtband *Lichter in Menlo Park* (DuMont Buchverlag, Köln 2000). »Wo früher eine animistische Natur war, sind heute die exakten Naturwissenschaften. Aber Exaktheit ist auch eine Qualität der poetischen Sprache, und so mag die Welt für Urweider und für uns entzaubert sein, unpoetisch ist sie deswegen noch lange nicht. Urweider schreibt eine gleichsam postkopernikanische Lyrik, in der die Sonne zwar nicht mehr untergeht, die Welt dafür in ihrer materiellen Substanz in neuem Glanz erscheint.« (Ijoma Mangold, *Berliner Zeitung*)

Anja Utler, * 1973 in Schwandorf/Bayern, lebt in Wien. Studium der Ostslavistik, Anglistik und Sprecherziehung in Regensburg, Promotion zur Lyrik russischer Dichterinnen des 20. Jahrhunderts. Neben Veröffentlichungen in Zeitschriften und Anthologien erschien der Gedichtband *aufsagen* (Bunte Raben Verlag, Lintig-Meckelstedt 1999). 2001 2. Preis beim Lyrikwettbewerb der Akademie Graz, Oktober – Dezember 2001 Fellow auf der Raketenstation Hombroich, 2003 Leonce-und-Lena-Preis der Stadt Darmstadt. »Anja Utlers Verse sträuben sich gegen die leichte Konsumierbarkeit. Mit ihrem Bilderreichtum, ihrer Rhythmik, ihrer Klanglichkeit und Lautlichkeit erreichen diese Gedichte ihre Zuhörer eher über den Bauch als über den Kopf.« (Josef Berlinger, *Bayerischer Rundfunk*)

Sybil Volks, * 1965 in Rheine/Westfalen, lebt in Berlin, Studium der Literaturgeschichte, Philosophie und Psychologie in Freiburg. Anschließend Dozentin für deutsche Sprache und Literatur an der Universität Pécs in Ungarn. 1997 gründete sie das Lektoratsbüro TEXT+STIL und arbeitet seitdem als freie Lektorin und Texterin für Verlage und Medienfirmen. Teilnahme an Lesungen und Poetry Slams sowie an den Endrunden des open mike der literaturWERKstatt Berlin 1999 und 2000. Zahlreiche Veröffentlichungen in Zeitschriften und Anthologien. »Wie eine Zauberin handhabt sie das Unausgesprochene.« (Regine Mönkemeier, *Dreischneuß*)

Florian Voß, * 1970 in Lüneburg, lebt als freier Autor in Berlin. Stipendiat des Berliner Senats 2001, Veröffentlichungen in Zeitschriften. »[...] mit dem Willen zum großen Wurf sind die Gedichte von Florian Voß, der es sich zudem nicht nehmen läßt, einen kalkulierten Zynismus zu probieren und als Liebesgedicht anzukündigen, was sich als kurze graphische Beschreibung eines Gemetzels herausstellt.« (Karsten Kredel, *taz*)

Jan Wagner, * 1971 in Hamburg, lebt in Berlin. Übersetzer englischsprachiger Lyrik, freier Literaturkritiker sowie Mitherausgeber der internationalen Literaturschachtel *DIE AUSSENSEITE DES ELEMENTES*. Neben Veröffentlichungen in Zeitschriften und Anthologien erschien der Gedichtband *Probebohrung im Himmel* (Berlin Verlag, Berlin 2001). 1999 Förderpreis für literarische Übersetzungen der Stadt Hamburg, 2000 Autorenstipendium des Berliner Senats, 2001 Hamburger Förderpreis für Literatur, 2001 Hermann Hesse Förderpreis, 2001/2 Arbeitsstipendium des Deutschen Literaturfonds, 2002 Stipendiat im Künstlerhaus Edenkoben/Rheinland-Pfalz. »Wagner hat seinen Gedichten einen präzisen, knappen Rhythmus unterlegt; nichts Modisches ist darin, aber viel Zeittypisches; nichts Willkürliches, aber viel Spontaneität; nichts Trüb-Melancholisches, aber doch viel Weiches – sie offenbaren einen frischen, bestechend assoziierenden Blick auf das, was heute bemerkenswert ist.« (Martin Krumbholz, *Neue Zürcher Zeitung*)

Ron Winkler, * 1973 in Jena, lebt als freier Autor in Berlin und Jena, Herausgeber der Literaturzeitschrift *intendenzen*. 1999 Allegra-Lyrikpreis, 2000 Arbeitsstipendium des Landes Thüringen, 2001 Preisträger der Brecht-Tage in Berlin, 2002 Stipendium der Österreichischen Nationalbank zum Klagenfurter Literaturkurs, 2003 Stipendium der Stiftung Deutscher Kulturfonds mit Aufenthalt im Künstlerhaus Lukas in Ahrenshoop, Einladung zum Leonce-und-Lena-Preis, neben Veröffentlichungen in Zeitschriften und Anthologien erschienen 2002 *Morphosen. Texte* (edition sisyphos, Köln) und der Gedichtband *vielleicht ins Denkmal gesetzt* (parasitenpresse, Köln).

Uljana Wolf, * 1979 in Berlin, Studium der Neueren Deutschen Literatur, Anglistik und Kulturwissenschaft, Redakteurin der Literaturabteilung des Labels »KOOK berlin – new york«. 2000 1. Preis des Literaturwettbewerbs wannseeFORUM, Aufenthaltsstipendium der Dubliner Autorenvereinigung »dubcit«. Sie veröffentlichte in verschiedenen Zeitschriften und Anthologien. »Berührend in ihrer Weichheit und Sensitivität die melodischen, sehr persönlich gefärbten Gedichte von Uljana Wolf mit sparsamen Lyrismen.« (Cornelia Staudacher, *Der Tagesspiegel*)

Urheberrechts- und Quellenhinweise

Katrin Askan: *Alte Rechnung; An der Kandare (1.); Das Damoklesschwert; Der Fuchs ist tot,* © Katrin Askan.

Christoph W. Bauer: *blicke aufgegabelt im windschatten; das wasser nämlich; die gestrandeten dörfer; klingen,* aus: die mobilität des wassers müsste man mieten können, © Haymon-Verlag, Innsbruck 2001.

Marcel Beyer: *Blondes Gedicht; Das kommende Blau,* aus: Falsches Futter, © Suhrkamp Verlag, Frankfurt/Main 1997. *HNO-Theater,* © Marcel Beyer. *Raps,* aus: Erdkunde, © DuMont Literatur und Kunst Verlag, Köln 2002.

Nico Bleutge: *drei skizzen; eine kuppel ein schnitt; peilung; schlesische nacht,* © Nico Bleutge.

Bastian Böttcher: *Baden Baden; Diesige Tage; Geh'n wir! Teil 1; Sushi,* © Bastian Böttcher.

Mirko Bonné: *Nashorn; Temerin; Trikolore,* aus: Hibiskus Code, © DuMont Literatur und Kunst Verlag, Köln 2002. *Unsicher, mimetisch,* aus: Gelenkiges Geschöpf, Rospo Verlag, Hamburg 1996, © Mirko Bonné.

Lars-Arvid Brischke: *elternhaus, thermodynamisch; fotoalbum; pfaffenwiesenstraße, draußen; lavabo,* © Lars-Arvid Brischke.

Annette Brüggemann: *an annetten, dia chronisch 1; Blaue Versatzstücke kommen von oben; Engel halbtönern; Spreche Jägerlatein,* © Annette Brüggemann.

Helwig Brunner: *Echolot. Luftlinienschrift (2); Hinterhof. Kleine Walderin-*

nerung; Schlaf im Feuerbett; Vorsätzliche Taten, aus: Gehen, schauen, sagen, Steirische Verlagsgesellschaft, Graz 2002, © Helwig Brunner.

Eva Corino: *Bitumen; Der Berlin-Effekt; Erste Nacht; Schwarze Schleppe*, aus: Keine Zeit für Tragödien, © Berlin Verlag, Berlin 2001.

CRAUSS: *AUF DEM SEE floating mix; blumen [re:wind]; ein paar flüchtige, hingekritzelte; le photographe est mort*, © CRAUSS.

Renatus Deckert: *Am Wasser; August; Das Auge der See; Odysseus*, © Renatus Deckert.

Marcel Diel: *ebernhahn I: lage/bestimmung; hier; in die cafés verlaufen vor hitze; menschen können das*, © Marcel Diel.

Tanja Dückers: *Barrio Gotico*, aus: Luftpost, Tropen Verlag, Köln 2001, © Tanja Dückers. *Die Beunruhigten; Eine Strasse; Kreidebilder*, aus: Morsezeichen, © BONsai-typArt Verlag, Berlin 1996.

Daniel Falb: *andere handlungsanweisungen; die sog. letzten fragen; ein soziales stillleben; umgeworfene BMWs*, © Daniel Falb.

Gerald Fiebig: *nachsaison*, aus: erinnerungen an die 90er jahre, © yedermann Verlag, Riemerling 2002. *pekinger nachtstück*, © Gerald Fiebig. *sonntag*, aus: kriechstrom, © Edition Skarabaeus, Innsbruck 1996. *strategie*, aus: normalzeit, © Edition Skarabaeus, Innsbruck 2002.

Christian Filips: *geh aber sprich; Schäferweise; Statuen; Tempelschlaf*, aus: Schluck Auf Stein, © Elfenbein Verlag, Berlin 2001.

Saskia Fischer: *bermuda dreieck; glück auf!*, © Saskia Fischer. *Der Trennerin Taglied; Eine Geste*, aus: *Wenn ich Himmel wär*, © Grupello Verlag, Düsseldorf 1998.

Kersten Flenter: *Anfangen (Aufzuhören); Friss dieses Land (Reprise),* aus: Friss dieses Land, Bunte Raben Verlag, Lintig-Meckelstedt 1996, © Kersten Flenter. *Ich lebe in Deutschland; Ich sah einen bösen Mond aufgehn,* © Kersten Flenter.

Franzobel: *Blunzengröstl; Die Seiltänzerin; Klagbaumgasse; Sintflut,* © Franzobel.

Knut Gerwers: *eine lunge voll text; gute nacht geschichte; morgenfilm; status 14.01.02; 9:00,* © Knut Gerwers.

Matthias Göritz: *Blitze; Für Wolodja in Moskau; Metronom; Stadtplan,* aus: Loops, © Literaturverlag Droschl, Graz 2001.

Udo Grashoff: *Erst wenn du kommst und ein Streichholz anreißt; immer, wenn ich mich aufrichte; rasch ziehst du dir einen Vorhang; Wind, der durch ein entkerntes Gebäude geht,* aus: Ein Stück Schnee verteidigen, © Verlag Janos Stekovics, Halle an der Saale 2001.

Alexander Gumz: *der schlaf ist ein leerer bruder; diese kurve endet; ich bewahre die musik; lass uns,* © Alexander Gumz.

René Hamann: *Abschied von der Folie; Freuds Töchter; Kleines Gedicht; Rambla,* © René Hamann.

Marcus Hammerschmitt: *Die Liebe atmet kaum; Psalm; Sommermacher; Übernächtigter Spaziergang,* © Marcus Hammerschmitt.

Caroline Hartge: *Ankündigung,* aus: Aufklärung in 7 Kapiteln, Buchlabor, Dresden 1999, © Caroline Hartge. *bergbauern; ich bin das selbige haus,* aus: Asche, Verlag Peter Engstler, Röhnheim 2001, © Caroline Hartge. *brief nach hause,* aus: Totem, Verlag Peter Engstler, Ostheim 1996, © Caroline Hartge.

Beatrix Haustein: *Einen Tag in* Morgenröte Rautenkranz *der Himmel schwarz die Sonne gelb; Heilig Heilig 2; müde waren wir u. schliefen mit dem licht; wir sprechen nicht mehr über unseren schlaf,* © Andorá Haustein.

Thomas Heinold: *am ölberg; erlenstegen, alte bahnstrecke; hinterhof; südfriedhof,* aus: blick richtung burg, © Bachmaier Verlag, München 1999.

Hauke Hückstädt: *Auf halber Strecke; Ende der Legislaturperiode; Präludium; Thema über eine Variation,* aus: Neue Heiterkeit, © zu Klampen! Verlag, Lüneburg 2001.

Martina Hügli: *beim aufwachen; umschwung; unterm körperstein,* aus: am ohrenäquator, © Axel Dielmann Verlag, Frankfurt/Main 2000. *später nachmittag,* aus: Nicht gegen uns selbst immun, © Axel Dielmann Verlag, Frankfurt/Main 1998.

Hendrik Jackson: *Ansichtskarte an O.M.; Heiligendamm; klammern; Morgens,* aus: einflüsterungen von seitlich, © Morpheo Verlag, Berlin 2001.

Ingo Jacobs: *Ein anderes Blau; Im Büro des Produzenten; Nach der Nacht, & aus dem Augenwinkel,* bereits erschienen in: Krautgarten. Forum für junge Literatur, Nr. 40, 2001, © Ingo Jacobs.

Steffen Jacobs: *Bei Betrachtung des Haares,* aus: Angebot freundlicher Übernahme, Gerd Haffmans bei Zweitausendeins, Frankfurt/Main 2002, © 2002 by www.Zweitausendeins.de. *Festtagsgedicht; Wie sie den Tag schiffbar machten,* aus: Geschulte Monade, © S. Fischer Verlag, Frankfurt/Main 1997. *Sprechstück,* aus: Der Alltag des Abenteurers, © S. Fischer Verlag, Frankfurt/Main 1996.

Johannes Jansen: *Bilanz des Sommers,* © Johannes Jansen. *Eigentlich müßte ich meine Freunde nach der Zeit fragen; Nachrichtenmagazin,* aus: Poesiealbum 248, Verlag Neues Leben, Berlin 1988, © Johannes Jansen.

papi immer die, aus: prost neuland, Aufbau-Verlag, Berlin und Weimar 1990, © Johannes Jansen.

Adrian Kasnitz: *am becken; der garten von průhonice; dieser dienstag; kindergewitter, kölner bucht*, aus: Reichstag bei Regen, Lyrikedition 2000, München 2002, © Adrian Kasnitz.

Thomas Klees: *bis zum äußersten; in der s-bahn aus potsdam*, aus: spurlos werden, © Deutsche Verlags-Anstalt, Stuttgart 1999. *legenden; vielleicht*, © Thomas Klees.

Nicolai Kobus: *amabilis insania XIII; der dichter; die kunst der fuge; jimi plays monterey*, © Nicolai Kobus.

Sabine Küchler: *Einmal; Flüsterton »Wir«; Schnee; Seetiere*, © Sabine Küchler.

Björn Kuhligk: *Berliner Blockade*, aus: Es gibt hier keine Küstenstraßen, Lyrikedition 2000, München 2001, © Björn Kuhligk. *Der Stoff, aus dem die Welt; Die sieben Geliebten; Was du brauchst*, aus: Am Ende kommen Touristen, © Berlin Verlag, Berlin 2002.

Thomas Kunst: *Es ist ein Fest mit Schultern an den Wänden*, aus: Medelotti, © Verlag Druckhaus Galrev, Berlin 1994. *In den Notizen des Schlossgärtners*, aus: Besorg noch für das Segel die Chaussee, Reclam Verlag, Leipzig 1991, © Thomas Kunst. *Korsika, 25. Juli, der Hund und das Kind*, © Thomas Kunst. *Nizeser Apathie*, aus: Der Schaum und die Zeichnung vom Pferd, Kowalke & Co. Verlag, Berlin 1998, © Thomas Kunst.

Stan Lafleur: *bei murat; herbst; siegeslied »am stahlwaeldchen«; tanz*, © Stan Lafleur.

Christian Lehnert: *bruchzonen 1; bruchzonen 6*, aus: Der gefesselte Sänger, © Suhrkamp Verlag, Frankfurt/Main 1997. *Diese Mitte war gesetzt* (aus: Der Augen Aufgang); *Im Lichtkreis eines Sterns* (aus: Der Augen Aufgang), aus: Der Augen Aufgang, © Suhrkamp Verlag, Frankfurt/Main 2000.

Maik Lippert: *nachtfrost; (rückspiegelblick); (von der wirtin zu protokoll gegeben); z.b. bananen*, © Maik Lippert.

Anja Nioduschewski: *allein mit; nächtliche interferenz; palermo es gibt keine; was ich ausgrub aus meinem mund*, © Anja Nioduschewski.

Alexander Nitzberg: *Clair de Lune*, aus: Getrocknete Ohren, © Grupello Verlag, Düsseldorf 1996. *Der Musenkuß; Der Übergang; Nitzberg-Kugeln*, aus: Im Anfang war mein Wort, © Grupello Verlag, Düsseldorf 1998.

Albert Ostermaier: *abtropfen*, aus: fremdkörper hautnah, © Suhrkamp Verlag, Frankfurt/Main 1997. *mississippi; o.m.u.*, aus: Autokino, © Suhrkamp Verlag, Frankfurt/Main 2001. *ratschlag für einen jungen dichter*, aus: herz vers sagen, © Suhrkamp Verlag, Frankfurt/Main 1995.

Dirk von Petersdorff: *Am Grund der Diskurse ein Fisch*, aus: Wie es weitergeht, © S. Fischer Verlag, Frankfurt/Main 1992. *Die Zukunft beginnt; Leipziger Wandteppich*, aus: Zeitlösung, © S. Fischer Verlag, Frankfurt/Main 1995. *Tablette im Wasserglas*, aus: Bekenntnisse und Postkarten, © S. Fischer Verlag, Frankfurt/Main 1999.

Steffen Popp: *Betonstufen, die Meere; Seestück, kleine Minne; Silvae (gelichtet); Von einer Insel, aufs Meer*, © Steffen Popp.

Marion Poschmann: *Gnadenanstalt; Stilleben mit Fisch und Milch; Umnachtungen; winterliche Anwendung mit Teelichtern*, aus: Verschlossene Kammern, © zu Klampen! Verlag, Lüneburg 2002.

Boris Preckwitz: *Europastraße; Reeperbahn; Spindoctor; Valentine,* © Boris Preckwitz.

Arne Rautenberg: *die kugel / stoßen; Haikukränzchen im Café Kranzler; lamps,* © Arne Rautenberg. *verlangsamt in den Kieler Winter,* aus: Neondämmerlicht, Bunte Raben Verlag, Lintig-Meckelstedt 1996, © Arne Rautenberg.

Nikola Richter: *garten II; grundlos; parc broisse, montmartre; sechs bäder aus dem katalog,* © Nikola Richter.

Monika Rinck: *park; Schwedenschanze Gentlemen I; shopping mit melanie klein; sommer: das herz dieser stadt,* © Monika Rinck.

Jan Volker Röhnert: *Abendgerüst Nr. 2; Das Mädchen hinter der Theke;* Take this longing, *Leonard; Trompe l'œil,* © Jan Volker Röhnert.

Hendrik Rost: *Fixiermittel,* aus: Fliegende Schatten, © Edition Solitude, Stuttgart 1999. *Imago; Kontraste; Pflaumen,* aus: Aerobic und Gegenliebe, © Grupello Verlag, Düsseldorf 2001.

Silke Scheuermann: *Dem ehemals häufigsten Vogel der Welt; Der Tag an dem die Möwen zweistimmig sangen; Die Schneelast drückt gewaltig auf die Zweige des Essigbaums schau; Requiem für einen gerade erst eroberten Planeten mit intensiver Strahlung,* aus: Der Tag an dem die Möwen zweistimmig sangen, © Suhrkamp Verlag, Frankfurt/Main 2001.

Jörg Schieke: *Die große schrift eines schwierigen schülers; guten morgen, du schöner; schadenzauber,* aus: Die Rosen zitieren die Adern, © Verlag Druckhaus Galrev, Berlin 1996. *soldaten,* © Jörg Schieke.

Sabine Schiffner: *brunftzeit; ostfriesland schwankt,* © Sabine Schiffner. *das familienwunder; Ein großvater,* aus: Besteck im Kopf, © Emons Verlag, Köln 1994.

Thilo Schmid: *Frankfurt an der oder was; Gefrorener see; Kondensstreifen am Himmel; Überlandleitung,* aus: Silbersonden, © Vacat Verlag, Potsdam 1996.

Sabine Scho: *Kanadier im Anflug; Mit Bubi im Strandbad; Mutti beim Abendbrot; Richtfest für den Sortiermaschinen-Anbau,* aus: Thomas Kling entdeckt Sabine Scho, © Europa Verlag, Hamburg/Wien 2001.

Silke Andrea Schuemmer: *Das Verwaiste wälzt sich auf den feisten Bauch; Der Schleier gab sich dem Gesicht; Die Flüsterzungen wußten; Was sich ein Nest baut in den Achselhöhlen,* © Silke Andrea Schuemmer.

Tom Schulz: *Der Mittelteil eines Gedichts; Ich bin eine geräuschlose Maschine; Nach Hause zittern; Von den Moscheen,* © Tom Schulz.

Daniela Seel: *ausgelegt ist die haut ein reißen; das leuchten der letzten dinge trat ein; das verlangen einen kirschkern gespuckt zu haben; einem schlaf entfallen,* © Daniela Seel.

Volker Sielaff: *Briefe, innen und außen; Diesen Winter; Farbe, innen und außen; Fliegen,* © Volker Sielaff.

Rainer Stolz: *Ansonsten Regen; Beat-Gedicht; Lockung; Schlosspark,* © Rainer Stolz.

Uwe Tellkamp: *(der tauchergott: utopia) – abends; (der tauchergott: utopia) – aus zerbrochenen uhren; monsieur papillon, souffleur des serapionstheaters; natura morta,* © Uwe Tellkamp.

Raphael Urweider: *braune staubkäfer überall braune; in der milde des nachmittags liegen; tritt ein bergbach über die ufer sammeln; wie leichtbekleidet sich der gipfel gibt bei,* aus: Lichter in Menlo Park, © Dumont Buchverlag, Köln 2000.

Anja Utler: *balancen I; dann : auffalten, alles, dem hals und dem; dann tropfen – entgegen –; und endlich auch : atmen wollen, taun, wie der,* © Anja Utler.

Sybil Volks: *augustmond; Der Garten; Serpentinen-Terzinen; Wir auch,* © Sybil Volks.

Florian Voß: *Kammermusik; O.T.; Requiem für Gerald Pöhls; Zwischen dem Taktschlag,* © Florian Voß.

Jan Wagner: *champignons; gaststuben in der provinz; haute coiffure; herbstvillanelle,* aus: Probebohrung im Himmel, © Berlin Verlag, Berlin 2001.

Ron Winkler: *dem ersten Hund im Weltall; Kontingenz; Systemverlust; uniton, monoform,* © Ron Winkler.

Uljana Wolf: *herbstspiel; nacht in f.; krzyż polny; reisende,* © Uljana Wolf.

Alphabetisches Verzeichnis der Gedichte nach Autoren

Inhalt

Lyrik bei DuMont

GERHARD FALKNER / ORSOLYA KALÁSZ (HG.)
BUDAPESTER SZENEN

Junge ungarische Lyrik
Zweisprachig, 220 Seiten, broschiert, 1999

Die Budapester Szenen der Dichtung sind heute jünger denn je: ungestüm in der Form, von ihren Stoffen überwältigt.
Wie in jedem durch die Wende erschütterten Land leben auch in Budapest zwei Seelen in einer Brust: die der bösen Vergangenheit mit ihren guten Seiten und die der guten Gegenwart mit ihren bösen Seiten. Die eine liefert den Stoff der Tradition, die andere durchtränkt ihn mit den Farben der Konsumwelt. Auf höchst ungarische Weise werden die Werte der ungarischen Poesie mit Themen verschmolzen, die in ihr eigentlich keinen Platz haben. Das Neue, das Zeitgemäße, das hip ist oder high macht, wird von der Sprache des kleinen Landes verschlungen. Am Ende hat es dann doch mehr zu tun mit Attila József als mit der Acid-Party.

»Die jüngste Generation ungarischer Lyriker präsentiert sich mit Selbstbewusstsein und lyrischer Frische.« *Frankfurter Rundschau*

Deutschsprachige Lyrik bei DuMont

ULRICH JOHANNES BEIL
AUFGELASSENE ARCHIVE
120 Seiten, gebunden im Schuber, 1998

»Jetzt? Zu spät für Gedichte« – so setzen die Gedichte ein. Bald stellen wir fest, dass der Band die Behauptung des Auftaktgedichtes Lügen straft. Jetzt erst recht ist lyrisches Schreiben möglich. Das Gefühl, verspätet zu sprechen, mit dem Gedicht aufholen zu müssen gegenüber der schnelleren Zeit, prägt den ungewissen Ton der Gedichte. Bedachtsam tastet sich der Dichter hinaus in die Möglichkeiten der Zeilen.
Jede der angeführten Beobachtungen steht als Beispiel. Ein Lichtfall findet Beachtung, ein Geräusch, ein Gegenüber – »›Wir sollten nicht Wir sagen‹, sagst du.« Kleinigkeiten werden umgewidmet, bis sie zu sprechen beginnen, »von sich selbst überraschte, flatternde Wäsche; die Katze an der Ausfahrt zeigt ihre Flecke«.
In kreisenden Anläufen vergewissern sich die Gedichte ihrer Umgebung, zu der sichtbare Oberfläche ebenso gehört wie das Wissen um Dahinterliegendes. »Die Mondlandung, okay. Aber was soll man / vom Staubsauger sagen, den Launen eines einfachen Kabels?« Im Spagat zwischen Phänomenen und ihrer Bedeutung stößt der Autor auf ungehobene Schätze.
Die Gedichte zeichnet sprachliche Strenge ebenso aus wie ihr Witz. Beide, Nüchternheit und Überraschung, dienen Ulrich Johannes Beil als Bewegungsarten im »weiten Raum der noch nicht geschriebenen Wörter«, als einzig denkbare Weise, den unablässig anstiftenden Eindrücken zu begegnen: »Alles scheint auf einmal Poesie: / Von den Bäumen taumeln die Blätter, / zitierend, worauf es längst nicht mehr ankommt; / sie berühren die Schultern, die Dächer«.

»Es ist vor allem dieses Schwebende, bei aller Präzision im Einzelnen, das uns beeindruckt und zum Wiederlesen verführt.« *Die Welt*

MARCEL BEYER
ERDKUNDE
116 Seiten, gebunden im Schuber, 2002

Mit seinen Romanen *Flughunde* und *Spione* hat sich Marcel Beyer als Erzähler weithin einen Namen gemacht. Mit seinem Gedichtband *Falsches Futter* bewies Marcel Beyer auch als Lyriker seine überragende Könnerschaft: »Ein Ereignis« (Süddeutsche Zeitung). In seinen Gedichten erkundet er, ausgehend von Dresden, dem Ort seines Lebens und Schreibens, den europäischen Osten, Polen, Estland und Tschechien.
Seine Gedichte werden zur Erdkunde an den Grenzen zwischen Geschichte, Sprachen und Kulturen. Und am nachdrücklichsten verdichten sich seine Auseinandersetzungen mit der Historie zu einem bedrückenden Kaliningrad-Zyklus.

»Besser kann man die Totalisierungen des 20. Jahrhunderts nicht zerstören, als sie, wie Marcel Beyer, aufzulösen in lyrische Partikeln, die frei im Sprachraum schweben.« *Neue Zürcher Zeitung*

MIRKO BONNÉ
HIBISKUS CODE
89 Seiten, gebunden im Schuber, 2003

»Hibiskus, Held, es wird Zeit: so zu blühen« – Mirko Bonnés Gedichte treten auf wie die Blüten des Hibiskus, die sich in strenger Folge eine nach der anderen entfalten, öffnen und verblühen, um so einmalige Reihen und Übergänge zu schaffen. In bezwingend eigenwilligen Äußerungen hebt Mirko Bonné die Gegenstände des täglichen Lebens, die Begebenheiten und Erinnerungen in eine »sinnliche Schwebe« (Frankfurter Rundschau), in der man auf »Gedächtniseingreiftruppen« ebenso stößt wie auf Instrumente »zur Verzeichnung der Sorgengebiete«. »Stumm stehe ich hinter der Wand. / Hände voll weißer Fahnen.« Mirko Bonné wendet noch das Schweigen in die harte Schönheit des Gedichts.

»Dichtung, der das Ungesicherte allein als gesichert gilt. Diesen lyrischen ›Fakten-Märchen‹ ist zu trauen.« *Frankfurter Rundschau*

GERHARD FALKNER
ENDOGENE GEDICHTE
124 Seiten, gebunden im Schuber, 2000

Seit vierzehn Jahren hat Gerhard Falkner keinen neuen Gedichtband vorgelegt. Dichter mit einem solchen Anspruch und existenziellem Ernst gibt es nicht viele in Deutschland. Unbeirrbar bleibt Gerhard Falkners in *Endogene Gedichte* ein Liebhaber der klaren Form, weiß er Klassizität mit Pathos und Ironie zu brechen, verbindet sich die explosive Kraft der Sprache mit ihrer Bändigung durch Form.
Gerhard Falkners konzeptuelle Dichtung überwölbt den vielfältigen Klangreichtum der Moderne.

»Gerhard Falkners Poesie versenkt sich rückhaltlos ins Eigene, um Allgemeines zu artikulieren; er entfaltet seine Welt, um eigen-sinnig Welt vorzustellen. Er benennt uns eine Wirklichkeit, die sich nicht ins Imaginäre flüchtet. Ausgefeilteste Stilpräzision und großer Existenzernst zeichnen sein Werk der letzten 15 Jahre aus – und damit ihn als herausragenden, unverwechselbaren Dichter in unserer gegenwärtigen deutschsprachigen Literaturlandschaft.« *Nürnberger Nachrichten*

THOMAS KLING
FERNHANDEL
102 Seiten mit einer CD, gebunden im Schuber, 1999

»So sichert Thomas Kling die Selbstbehauptung des Fremdkörpers Gedicht in der Unterhaltungsgesellschaft; so hütet er das dichterische Kunstwerk. Ein bedeutender Lyriker des 20. Jahrhunderts meldet sich zu Wort.«
Neue Zürcher Zeitung

THOMAS KLING
SONDAGEN
140 Seiten mit einer CD, gebunden im Schuber, 2002

»Mit derselben Lust an Herkunftsmaterial, Verarbeitungstempo, Sprachenmix und intellektuellen Überraschungscoups, die wir vom Dichter gewohnt sind.« *Die Zeit*

»Dieser Dichter gehört zu den Ausnahmeerscheinungen der Gegenwartsliteratur. Wer auch nur einen Gedichtband pro Jahr liest, dem sei *Sondagen* empfohlen.« *Literaturen*

Thomas Klings Gedichte muss man hören. Den Bänden liegen CDs bei, auf denen Thomas Kling seine Gedichte selber liest.

JAN KONEFFKE
WAS RAUCHTE ICH SCHWADEN ZUM MOND
90 Seiten, gebunden im Schuber, 2001

Der fantasievolle Erzähler ist auch Dichter mit »sperrigem Eigensinn in Sprache und Vorstellungswelt« (Neue Zürcher Zeitung). – In Jan Koneffkes zweitem Gedichtbuch *Was rauchte ich Schwaden zum Mond* wird die Paradiesmauer zur ehemaligen Grenze zwischen Ost und West, der Mond zum »gelben Magneten«, stehen »herrenlose Hosen« beim Freudenhaus an und rollen die Karossen der Traumzensur durch die »lange rumorende Nacht«. In temporeichen freien Versen und liedhaften Strophen erzählen Jan Koneffkes Gedichte, mal sarkastisch, mal salopp, mal lakonisch und rebellisch verzweifelt, von einer bodenlosen Welt, in der das lyrische Ich traumtänzerisch über Abgründe balanciert, sofern es sich nicht selbst zum Abgrund wird: »aufmerksam, aufmerksam brachten mich zwei Polizisten / heim wo ich mir / begegnete der / Schwaden zum Mond rauchte bis er / elendig gelb war«.

»Jan Koneffkes neuen Gedichten gelingt ein eigener Ton, sie sind unverwechselbar. Ihre Balance zwischen Kopfgeburten und Traum- oder Albtraumwelten überzeugt.« *Darmstädter Echo*

JOACHIM SARTORIUS
ICH HABE DIE NACHT
Etwa 90 Seiten, gebunden im Schuber, 2003

Seine Reisen zwischen Kontinenten, Kulturen und Epochen, seine Begegnungen, Beobachtungen und Lektüren trägt Joachim Sartorius in *Ich habe die Nacht* zusammen: Ein Museum zeitgenössischer Poesie, dessen Sammlungen die Reichhaltigkeit und Erschöpfung unserer Welt ins Gedicht holen.
In Sprachräumen voll Laut und Licht, die sich in langen Zyklen entfalten, auf dem von intensivster Wahrnehmung gesäumten Weg zwischen ›Griechischer Abteilung‹ und ›Orient Sektion‹, entsteht ein gebrochen moderner West-Östlicher Divan.
Gedichte über Körper und Sinnlichkeit, Vergänglichkeit und Vergeblichkeit, finden sich im Zentrum dieser Bewegungen durch Bildarchive und Wortalben. Sie führen in den Schlusstrakt ›Das arktische Museum‹ – zu stoischen und ironischen Antworten auf die Frage: »Ist das Glück des Erinnerns / größer als der wirkliche Taumel der Lippen?«

»Und was mehr ließe sich von Poesie erhoffen, als dass sie ungeheure Augenblicke schenkt, die am Ende nicht weniger leisten, als dass sie uns des Lebens versichern.« *Neue Zürcher Zeitung*

RAPHAEL URWEIDER
LICHTER IN MENLO PARK
120 Seiten, gebunden im Schuber, 2000

»Raphael Urweider zeigt mit artistischer Leichtigkeit den Ursprung wissenschaftlicher Erkenntnis im Spiel. Mit hinterhältiger Frische holt er die Galionsfiguren einer Geschichte des Fortschritts von ihrem Podest.«
Jury des Leonce-und-Lena-Preises

»Preisende Worte wären zu finden für die Energie der Sätze, den hymnischen Rhythmus, die genaue Wortwahl und immer wieder den evidenten Bildzauber.« *Süddeutsche Zeitung*

RAPHAEL URWEIDER
DAS GEGENTEIL VON FLEISCH
Etwa 100 Seiten gebunden im Schuber, 2003

Mit seinem vielfach ausgezeichneten Debüt *Lichter in Menlo Park* stürmte Raphael Urweider leichtfüßig die Bühne der Poesie und »durcheilte in rasantem Erfolgstempo den Weg zum lyrischen Jungstar« (Freitag).
Ernster zeigt sich sein neuer Gedichtband: »des anderen schlaf bewundern / im halbschlaf« – es sind stillere Seiten, die diese Gedichte entdecken, sprachnahe, wahrnehmungswache Beobachtungen: »erste eingebildete insekten formieren / sich zu licht«.
Im Zentrum steht Urweiders überwältigendes Langgedicht *Steine*, das beim Klagenfurter Ingeborg-Bachmann-Wettbewerb 2002 mit dem 3sat-Preis ausgezeichnet wurde. Als schwereloses Requiem begleitet es Krankheit und Sterben eines Geologen, dem die vertrauten Steine wie »das gegenteil von fleisch« erscheinen.